BLESTEMUL STÂNCII

Roman

Corinne Wandenburg

O să-mi transform durerea în iubire
şi spinii acesteia în trandafiri înmiresmaţi!

Editura Infarom
Târgu Jiu, 2018

INFAROM
office@infarom.ro
http://www.infarom.ro

ISBN **978-973-1991-93-1**

Editura: **INFAROM**
Autor: **Corinne Wandenburg**
Editor-corector: Dr. Florina Dima

Imagine fundal copertă:
Licenţă Abobe Stock © Francesco Chiesa

Descrierea CIP a Bibliotecii Naţionale a României
WANDENBURG, CORINNE
  Blestemul stâncii / Corinne Wandenburg. - Târgu Jiu :
Infarom, 2018
  ISBN 978-973-1991-93-1

821.135.1

În loc de început...

Te întrebi ce poate fi mai frumos decât oraşul Napoli? Sau ce are el aparte pentru a merita ca o pană să scrie despre această aşezare?

Napoli, cu clima sa blândă, a atras mereu vizitatori, pe care băştinaşii i-au primit pentru că aşa sunt ei buni la suflet, dar şi pentru că le place să le sune aurul în pungile lor de catifea.

Un oraş aflat cu picioarele în golful care îi poartă numele şi cu mâinile îndreptate una către Vezuviu şi cealaltă către vulcanul Campi Flegrei. Nici el nu ştie ce să aleagă, foc sau apă?

Însă nu cred că locuitorii lui au asemenea dileme. Sunt aşezaţi aici de milenii şi au rămas, cu toate că mulţi au venit peste ei, cucerindu-i şi încercând să le smulgă spiritul patriotic.

Napolitanii i-au lăsat să fiarbă în focul vulcanului, dându-le drumul mai apoi în apa Golfului Napoli.

E adevărat că şi-au pus o altă întrebare, încă de pe vremea când oraşul era capitala Regatului Napoli şi mai apoi a Regatului celor Două Sicilii, de ce este atât de adorat de străini?

Nu au găsit răspuns, nici în Piaţa Domului, unde chiar în lăcaşul bisericesc îşi doarme somnul sfântul Ianuarius, nici pe faţadele somptuoaselor palate nobiliare şi nici dedesubt, în catacombele care au fost mereu refugiu celor năpăstuiţi.

Aici, în timpuri străvechi, romanii îşi aveau rezervoarele de apă pentru celebrele lor terme, acum de multă vreme golite.

Poate un răspuns îl putem găsi ridicându-ne privirea către Palazzo Doria d`Angri, de la balconul căruia Giuseppe Garibaldi a proclamat sfârşitul Regatului celor Două Sicilii, prin unificarea acestuia cu Regatul Italiei, anunţând astfel sfârşitul casei de Bourbon.

Dar acest gest al lui Garibaldi este cu mult mai important decât istoria pe care o doresc povestită în aceste pagini. O poveste din cauza căreia, în zilele noastre, stânca despre care ne aminteşte titlul a rămas goală, pustie, fără vreun proprietar ferm, aparţinând oraşului.

Nimeni nu se mai încumetă la fapte mari, la îndrăzneală.

Să vedem deci...

CAPITOLUL I

Palatul familiei ducilor de Lanza din Napoli putea fi numit, fără a putea tăgădui, cel mai frumos și opulent palat din zonă, cu excepția reședinței lui Ferdinand al IV-lea de Bourbon Două Sicilii.

În vremea de început a scrierii noastre, Napoli era dominat de francezi, care făceau și desfăceau cam tot ce se putea în regat.

Dar nu trebuie să ne facem prea multe procese de conștiință pentru soarta familie Lanza. Aceștia erau bine văzuți oriunde.

Ducele Felippe Lanza era un vulpoi în ale diplomației, înotând exact așa cum trebuia pentru ca el și familia lui să-și ducă viața în tihnă și belșug. Nu putem omite că a făcut la vremea sa un mariaj strălucit, căsătorindu-se cu Laura Angioino, o tânără perfectă din toate punctele de vedere.

Acest duce era mulțumit de sine. Toată lumea îl asculta, îl venera, în cele mai multe din cazuri, și îl respecta întotdeauna, cu toate că uneori era greu. Laura, s-a zvonit, se plânsese familiei sale în secret, la începutul acestui mariaj, de severitatea soțului său, care era foarte grijuliu cu onoarea familiei, chiar dacă nu păcătuise nimeni, poate doar vreo slujnică, căreia, aflându-i-se pățania, i se arătase iremediabil ușa. În rest, era un stăpân dur, dar drept, plătindu-și toate datoriile la timp.

Dumnezeu îl binecuvântase cu doi copii frumoși, de care era mândru ca un păun: Andrea și Bianca, buni la suflet și toleranți, amândoi exact ca mama lor.

În anul în care începe povestea noastră, Andrea avea 25 de ani și promitea mult, iar sora sa mai mică avea 18 ani și deja pețitorii umblau cu armele de convingere pregătite.

Ducele stătea în așteptare, nu-i venise la ușă nimeni infinit de bun pentru Bianca. Zâmbea tuturor, „mai nimerea" la câte o zi de primire a soției sale, atunci ascultând calm toate aluziile la diverși tineri ai începutului de secol XIX și cam atât.

Laura dorea să facă mai mult decât să încuviințeze dorințele soțului său. Ar fi vrut ca Bianca să aleagă singură, sau măcar să o poată sfătui.

Fetei nu-i trecea prin gând să-și refuze tatăl în vreun fel, însă e drept că inima ei nu fusese pusă la încercare niciodată până la vârsta ei. Era minunat educată, la un pension ținut de maicile din vecinătate, de unde stareța a lăsat-o să plece la familia ei desăvârșită, necrezând că o să mai aibă vreodată o elevă atât de plină de calități.

Fata avea o singură prietenă, fata cea mare a primarului Desimone, Maria, care nu strălucea atât prin frumusețe cât prin liniștea pe care o afișa chipul său puțin palid și încadrat de plete castanii, minunat așezate pe umerii săi.

Bianca o eclipsa întotdeauna pe amica sa, dar aceasta nu băga deloc în seamă. Șederea lor la pension nu a fost dureroasă pentru cele două fete din această cauză. Amândouă erau ca două vrăbii care căutau să vorbească mereu când aveau timp liber.

Dar pensionul era deja o pagină trecută a vieții lor. Maria fusese chemată acasă pentru a se căsători cu vărul său, pe care-l cunoștea vag și care era cu mult mai în vârstă decât ea, având cam 30 de ani și o fire blândă, specifică familiei Desimone.

În ziua nunții niciuna din fete nu a plâns. Nu aveau de ce. Vizitele puteau curge în continuare, Maria neplecând din Napoli.

- Scumpa mea prietenă, a spus Maria îmbrățișând-o pe Bianca, sper ca în curând să te văd și pe tine în fața altarului, gustând fericirea cinstită a căsătoriei.

- O, mulțumesc, i-a răspuns Bianca. Totuși, nu aș vrea să se întâmple prea curând. Mariajul e tot un fel de pension: multe reguli și multă ascultare. Mi-aș dori să fiu liberă doar pentru mine o vreme, măcar un an, dacă tata nu hotărăște altfel. Nu l-aș înfrunta niciodată, dar mi-ar plăcea să fac eu alegerea. Și, de altfel, mie nu-mi place niciun văr, a terminat Bianca râzând.

- Te cred, zâmbi cu înțeles Maria. Nici mie nu-mi plac verii tăi. Sunt prea iuți pentru mine, sunt ca tine, însă mai puțin șlefuiți.

- Adică fără pension la maici, pufni Bianca, urmată de încuviințarea surâzândă a prietenei sale.

Cu timpul, vizitele la Maria s-au rărit, chiar dacă cele două prietene se încălzeau încă la flacăra afecțiunii dintre ele.

Se vedea că Mariei îi pria căsnicia cu vărul care era asemenea ei, așa că domnișoara Lanza a trebuit să-și găsească și alte activități pe lângă vizitele la prietena sa.

Contrar tuturor așteptărilor, în anul ce urmă, Andrea și-a anunțat logodna cu tânăra Lavinia Sanseverino, uimindu-i pe toți foarte plăcut.

Lavinia era o fată frumoasă, cu un an mai mare decât Bianca, însă nu era deloc profundă. Lui Andrea îi plăcea și nimeni din familia Lanza nu se împotrivi mariajului.

- Sora mea dragă, te voi părăsi curând. Lavinia m-a fermecat. Te provoc să te gândești să-i calci pe urme prietenei tale. Ai 19 ani acum.

Poate la balul de celebrare a nunţii noastre, nimeni nu va fi împotriva unui anunţ de logodnă.

- Ce vorbeşti tu, Andrea? l-a întrebat fata. Capul tău este, cu siguranţă, prin nori. Nu am niciun gând de căsătorie. Vreau să spun că nu acum. Sunt uimită de cât de repede v-aţi aprins tu şi blânda Maria. Nici nu pot gândi clar când îmi vine în minte că deja aşteaptă primul copil şi e mândră de asta. Nici măcar nu şi-a schimbat numele.

- Dar mai sunt două luni, Bianca, nici nu ştii câte ţi se pot întâmpla.

- Poate nu se întâmplă nimic, a spus fata sărutându-şi fratele şi ieşind din cameră. Acum înţelese ce avea să-i stea pe umeri după căsătoria lui Andrea cu Lavinia.

CAPITOLUL II

În acel iunie al anului 1801, căldura se instalase la Napoli. Doar briza din golf aducea odată cu înserarea răcoarea mult așteptată.

Nunta promisă se desfășură pe placul mirilor și al familiilor acestora, și însuși prințul moștenitor al mistuitului de soare, Napoli, veni la ceremonia din biserică.

Francesco era abătut, dar nu uita de supușii credincioși ai tatălui său. A plecat repede, la fel de trist precum a venit. Și-a făcut datoria și avea motive întemeiate să plece. Familia lui, creată cu scumpa lui verișoară, blânda și neprețuita lui Maria Clementina, se destrăma pe zi ce trecea. Prințesa era atât de iubită de patria adoptivă, încât a dat însutit înapoi napolitanilor. Dar era prea bună pentru a rămâne pe pământ. Francesco știa și simțea profund că nu va mai dura mult și că va trebui să accepte despărțirea de soția sa. Tuberculoza făcea ravagii pe chipul minunatei austriece. Îi rămâneau cei doi copii frumoși pe care Maria Clementina i-i dăruise ca o consolare.

Așadar, după ce chipul prințului a dispărut dintre nuntași, cheful acestora de a petrece a revenit. Au amuțit când acesta i-a felicitat pe miri, toată suferința văzându-i-se pe față.

Balul era pregătit să se țină la palatul ducelui. Sala arăta minunat, cu toate că mirosul florilor era înăbușitor pe o asemenea căldură. Ușile către grădină erau cu toate deschise.

Bianca a strălucit la ceremonie. Îmbrăcată după ultima modă într-o rochie de culoarea ochilor săi, bătută cu perle, purta o coroniță minunată, în care se vedeau sute de mici boabe rotunde sidefii. Perlele erau favoritele ei. Dacă s-ar fi putut confecționa o rochie din ele, cu siguranță ar fi fost cumpărată pentru ea.

În biserică a stat în prima bancă lângă mama ei. Laura, încă frumoasă, avea ochii în lacrimi.

Pe chipul proaspăt ras al ducelui nu s-a putut vedea nicio emoție.Era mulțumit de cum decurgea totul. Invitații sosiseră în număr mare, dovedind astfel că familia lui era foarte respectată. Până și palidul prinț venise.

Făcliile erau aprinse peste tot, iar locul părea luminat ca în plină zi. Muzicanții erau dintre cei mai aleși, distracția putea, deci, începe.

Balul s-a pornit cu dansul mirilor, aplaudat îndelung de nuntaşi. Apoi, pereche după pereche, invitaţii s-au prins la dans, locul fiind destul de mare pentru ca acestea să nu se atingă una de cealaltă. Sala era cu adevărat uriaşă, iar lumea aprecia ca atare un bal la duce acasă.

Bianca, după ce a ajuns acasă de la biserică, a urcat în camera ei, dorea să se schimbe de rochie. Subreta a îmbrăcat-o astfel într-o rochie de culoarea fildeşului, iar bijuteriile au fost schimbate cu diamantele familiei. Când a coborât, un oftat de uimire s-a auzit printre nuntaşi. Până şi Lavinia a avut un moment de indignare, gândindu-se că sora soţului ei o eclipsează la propria-i nuntă. S-a liniştit însă curând, după ce a văzut cum privirea lui Andrea o învăluia plină de dragoste.

Felippe Lanza şi-a luat primul fiica la dans, dovedind tuturor celor prezenţi că este încă verde.

- Eşti foarte frumoasă, fiica mea, ca un înger. Îmi aduci aminte de mama ta în tinereţile sale. Un boboc de trandafir plin de roua dimineţii, asta eşti.

- Mulţumesc, tată, eşti foarte amabil, i-a răspuns râzând Bianca. E o nuntă reuşită. Nu văd nicio faţă posomorâtă. Înseamnă că e o petrecere perfectă. Te felicit pe tine, dar şi pe mama. Cred că ar trebui să o inviţi la dans. E un moment special şi pentru ea.

Ducele, gândindu-se puţin, i-a răspuns zâmbind fetei:

- Cred că ai dreptate, să mergem către soţia mea cea credincioasă.

Şi, în paşi de dans, ocolind cu grijă perechile, au ajuns lângă ducesă, care a primit invitaţia la dans din toată inima.

Bianca îi privea cum se îndepărtează cu ochii plini de admiraţie. Încă erau frumoşi şi se mişcau bine în ritmul dansului. Încă erau tineri, mai gândi ea în timp ce în faţa ei un domn tânăr se înclina spre a-i cere acordul pentru următorul dans.

Era contele Pallavicino, un tânăr de vârsta lui Andrea, pe care mereu îl văzuse în compania acestuia. Erau prieteni din şcoală, necăsătorit şi cu ceva gânduri în acest sens, gândi imediat fata.

- Vă rog să dansaţi cu mine, domnişoară, spuse el, dorinţa ieşind din sufletul lui odată cu vorbele.

- Desigur, e nunta fratelui meu şi a prietenului dumneavoastră conte, i-a răspuns Bianca puţin neatentă. Tocmai zărise perechea proaspăt căsătorită luând loc pe canapea, lângă care se aşezase şi Arturo, fratele miresei.

Tânărul marchiz arăta impecabil, chiar dacă exagera cu atitudinea de protecţie faţă de sora lui. Se zvonea că era un mare crai, iar femeile leşinau în loje la teatru când apărea însoţit sau nu de sora lui.

Dar dansul începu, iar contele ştia să conducă o doamnă.

- Mi-ar plăcea să vorbim în grădină mai târziu, a spus Ernesto, dacă nu te supăr cumva cu această insistență.

- Nu mă superi deloc, i-a răspuns Bianca cu ochii încă la canapeaua pe care stăteau mirii. Imediat ce se termină ultimul acord de vioară putem ieşi. E atât de cald. Afară cu siguranţă e mai bine. Oricum prietenul tău, însurat acum, nu-ţi va acorda nicio atenţie. E îndrăgostit de Lavinia. Aş fi vrut să nu fie în asemenea fel, adică atât de tare, se bâlbâi fata. Dar, scuză-mă, am făcut o imprudenţă. Nu trebuia să-mi fi spus gândurile cu voce tare.

- Vor rămâne doar între noi aceste cuvinte, Bianca. Într-adevăr, e tare încurcat în iţele ţesute de Sanseverino şi sora lui.

- Ce vrei să spui? a întrebat mirată fata.

- Fără îndoială, marchizul e încântat de această uniune. Însă, stai liniştită, Lavinia îţi iubeşte fratele, cum altfel. E un om perfect, îl cunosc de atâta vreme.

- Da, este adevărat, dar să coborâm în grădină, nu vreau să am gânduri întunecate din prima clipă a uniunii lor.

Cei doi au coborât scările ce duceau în grădină aproape fără să fie observaţi. Şi, normal, mirii erau cei care trebuiau sa zâmbească şi să-şi arate fericirea.

Pallavicino şi-a condus partenera pe una din aleile care duceau către zidul grădinii. Acolo, la umbra unei magnolii, se afla o bancă pe care Bianca s-a aşezat imediat, deschizându-şi evantaiul.

- În sfârşit linişte, a spus ea oftând. Parcă suntem în altă lume aici pe bancă. Dar aşază-te. Nu sta în picioare.

- Mulţumesc, a spus Pallavicino, puţin încruntat. E bine aici cu adevărat.

Bianca, te-am adus aici cu un scop pe care nu cred că-l bănuieşti.

- Eşti prietenul fratelui meu, am încredere în tine. Ne cunoaştem de ceva vreme.

- Aşa este, a răspuns contele, tocmai de aceea îmi este puţin greu să-ţi vorbesc, dar m-am pornit şi nu o să mă mai opresc. Te iubesc, Bianca. Te admir de când te-am văzut prima dată şi mi-aş dori să fii a mea pentru tot restul vieţii mele. Ştiu, sunt foarte direct, dar consider că e mai corect aşa.

- Într-adevăr, nu mă aşteptam la subiectul acesta din partea ta. Eu te-am considerat întotdeauna prietenul fratelui meu. Nu am văzut niciodată altceva. Sunt puţin surprinsă. Dar eu nu am aceleaşi sentimente pentru tine.

- Ştiu asta, i-a răspuns contele luând mâna Biancăi în a sa. Dar eu am o viaţă să aştept răspunsul fericit din partea ta. Nu te zoresc să-mi dai un răspuns acum sau în scurt timp. Vreau doar să te gândeşti.

- Ernesto, spuse fata. Cum te-ai gândit la mine? Sunt atâtea doamne mai potrivite.

- Dragostea nu alege, i-a răspuns contele scurt. Știu că ești uimită, dar așa sunt eu, direct. Vreau să-ți spun doar că poți avea mereu încredere în mine și că, dacă vei avea vreodată nevoie de ajutorul meu, ți-l voi acorda necondiționat. Ți-o jur.

- Îți mulțumesc, o să mă gândesc la ce am vorbit. Cred că ar trebui să ne întoarcem în sala de bal. Am lipsit cam mult de acolo.

- Să mergem atunci, a spus contele sărutând mâna Biancăi și strecurând-o apoi sub brațul său.

Au intrat în palat, fără ca între cei doi să se mai rostească vreun cuvânt, Ernesto ducând-o pe Bianca la fratele ei, care nici măcar nu i-a sesizat lipsa.

A avut grijă marchizul Sanseverino să observe absența fetei, dar nu a spus nimic, a invitat-o doar la dans, de mai multe ori, făcând-o să zâmbească sau să râdă, după cum dorea el.

Îi plăcea frumoasa lui cumnată, mai mult decât se cuvenea pentru niște rude prin alianță atât de proaspete.

Femeile din jur vânau în timpul dansului perechea aceasta atât de plină de bucurie și observau, cu ochi experți, dorința marchizului de a face din Bianca o pradă, încă o crestătură pe orgoliul lui plin de victime de sex feminin. Fata nici măcar nu realiza scopurile frumosului marchiz. Doar Pallavicino sesiză gândurile partenerului Biancăi, gânduri întunecate, la nici jumătate de ceas de la mărturisirea pe care i-o făcuse el în grădină.

Contele își ceru trăsura, plecând dezgustat, rugându-se ca Bianca să nu cadă pradă tigrului cu față umană, nimeni altul decât Arturo Sanseverino, noua sa rudă.

CAPITOLUL III

Bianca s-a retras după petrecere obosită peste măsură. S-a vârât în pat şi a adormit imediat, cum numai cei tineri şi lipsiţi de griji o pot face. Niciun gând nu i-a tulburat starea, niciunul dintre cei doi bărbaţi, contele sau marchizul, nu i-a tulburat visele. A dormit mult şi s-a trezit la amiază.

A fost o petrecere foarte plăcută, şi-a zis ea. S-a dat jos din pat şi, în timp ce slujnicele au îmbrăcat-o, şi-a amintit de unele întâmplări. A fost uimită să-şi aducă aminte de felul de a se purta al contelui Pallavicino şi a fost străbătută, în acelaşi timp, de un fior de plăcere când mintea i-a fugit la cumnatul său. Cu nimeni nu mai dansase aşa, nimeni nu o mai ameţise cu vorbe atât de dulci. S-a tulburat pentru că propunerea de mariaj a contelui nu-i spunea nimic, pe când frazele pline de zel pentru a plăcea ale lui Arturo o făceau să se frământe. Îi simţea pe amândoi: contele serios şi corect, marchizul şiret şi cu te miri ce intenţii. Însă nu putea alege cu mintea, cumnatul ei o tulburase. Spera doar să nu-l vadă prea curând. Ar fi căzut ca o pasăre atinsă de o alică la cuvintele lui dulci. Simţea că Arturo dorea să se joace şi îşi aduse aminte de admiraţia tuturor doamnelor pentru el. „Poate cu mine nu se va purta la fel?!", se gândi ea, ieşind din cameră. „Dar nu, e mai bine să-l uit pe el, întreaga seară trecută, dar şi pe conte. Ce ar zice tata ?"

- Acum casa e şi mai goală, auzi ea glasul mamei sale.

- Şi în curând Bianca se va căsători şi ea, îi răspunse tatăl ei, ducele. Atunci ce o să mai faci? Eşti prea sentimentală, Laura, şi asta îţi creează suferinţă. Dar uite-ţi fata, proaspătă şi odihnită.

Bianca intră în salon, zâmbind din tot sufletul părinţilor ei.

- A fost o nuntă frumoasă, aşa-i mamă? întrebă ea.

- Da, a fost minunată, iar Andrea e atât de îndrăgostit, parcă mai mult ca ea, mi se pare.

- Mie îmi convine dota Laviniei mai mult decât dragostea, mai multă sau mai puţină. O să o ducă bine şi o să fie fericiţi pentru că bogăţia aduce linişte, a adăugat ducele pe un ton sarcastic, închizându-le gura celor două doamne.

Curând li s-a adus prânzul şi nu se mai vorbi atât de mult despre nuntă. Trecuse. Fiecare era la casa lui, cum era şi firesc pentru o tânără familie. Ducele a trecut uşor peste despărţirea de Andrea, doar nu pleca din oraş, simţul său practic birui, ca de obicei, aşa că nici Laura nu a mai adus în discuţie subiectul dureros pentru ea, ca mamă.

- Aş vrea, îi spuse ea Biancăi, să fiu tare ca soţul meu. Dar nu pot. Când o să te duci şi tu, eu ce o să fac?

Aseară ai dansat atât de mult cu fratele Laviniei, a deschis deodată mama subiectul. Oare ce are de gând acest uşuratic, scandalos de frumos şi de bogat? Când te-am văzut cu el am avut o durere scurtă în inimă, ca un presentiment... Dar a trecut. Nimic nu-ţi va întuneca fruntea pură.

- Contele Pallavicino m-a cerut în căsătorie. M-a rugat să mă gândesc, a început Bianca. L-am considerat întotdeauna prietenul lui Andrea, nu pot să văd mai mult în el. Mă iubeşte şi fiecare clipă în care m-a văzut a fost una fericită pentru el, iar eu de-a lungul timpului nici nu am tresărit la întâlnirile cu el. Ce ciudată este viaţa... Pe când dansurile cu marchizul m-au vrăjit. Acum le înţeleg pe toate acele femei care se otrăvesc pentru el. Are ceva diavolesc în el, părul acela negru şi umerii aceia prea laţi, care te acoperă cu totul...

- Bianca, ce aud? Nu te lăsa ispitită. Şi acum mă întreb ce a găsit Andrea la soţia sa. Dar poate că aşa gândesc soacrele. Nu vreau să te dau acestui om, aş simţi că te-aş pierde... Vorbeşti de conte? Contele îmi place şi-l cred că te iubeşte. În ceea ce-l priveşte pe marchiz, nu se va aşeza curând la casa lui şi, dacă ar face pasul acesta, şi-ar continua aventurile. Nu i-a sosit ceasul, nu încă. Curând, nu vor mai exista doamne în Napoli neseduse de acest infam. A pus ochii pe tine, cu siguranţă. Ah, ce nefericire.

- Mamă, linişteşte-te. Dacă va fi ceva mai serios, vei fi prima care va afla. Maria e atât de ocupată cu mariajul său încât abia ne vorbim.

- Fetiţa mea dragă, spuse ducesa sărutând mâna fiicei sale şi ducând-o la inimă, ne vom supune dorinţei Domnului.

Tinerii căsătoriţi s-au întors din călătorie exact la începutul lunii iulie, când în Napoli începuse marele doliu. Ferdinando, fiul prinţului moştenitor Francesco, a murit lăsând un regat întreg în doliu. Atunci au văzut-o napolitanii pentru ultima dată în viaţă pe biata prinţesă Maria Clementina. O umbră cu un văl gros peste pălărie care parcă nu mergea, ci plutea. Arăta înfiorător la braţul soţului său. O mână de oase. A făcut uşor cu mâna când a văzut lumea adunată în faţa bisericii. A zâmbit trist, dar cine putea s-o vadă? Vălul era atât de gros încât, dacă nu ar fi fost braţul prinţului, s-ar fi împiedicat cu siguranţă.

Şi-a plâns copilul, fiul iubit, până când boala şi durerea au încetat, iar liniştea a pus stăpânire pe ea în moarte.

A fost atât de frig în acel noiembrie când vântul a bătut cu putere, ca niciodată la Napoli. Rafalele ridicau pânzele puse pe catafalc, iar steagurile, cel austriac şi cel napolitan, erau ţinute locului cu greu. Biserica Sfintei Chiara a fost plină de lumea care o plângea pe această tânără de 24 de ani. Carolina, fetiţa rămasă în viaţă, stătea de mână cu bunica ei, arhiducesa Maria Carolina, soţia regelui Ferdinand. Nu înţelegea multe lucruri, dar tatăl ei poruncise să o aibă în preajmă.

În biserică, familiile marchizului de Sanseverino şi a ducelui de Lanza stăteau laolaltă. Bianca se nimeri lângă cumnatul său, pe care-l evitase luni la rând, ca de altfel şi pe contele Ernesto. Aceştia o vânaseră peste tot: în parc, acasă, pe stradă, la magazin sau la teatru. Ca acum destinul să-i pună unul lângă altul la acest trist eveniment. Nici nu şi-a dat seama că Arturo o strângea de braţ, încercând s-o facă atentă la el.

- Vreau să-ţi vorbesc undeva unde să fim doar noi doi, i-a şoptit el lângă ureche.

Bianca a tresărit şi nu a scos o vorbă. S-a tulburat cu totul. Nimic din rezistenţa ei nu mai exista. Tot ce clădise se surpase cu aceste câteva şoapte.

- Mâine o să te plimbi în parc după micul dejun. Ştiu că e frig, dar e mai puţină lume, mai bine pentru reputaţia ta.

- Mă obligi? a întrebat Bianca.

- Aproape, a spus Arturo ferm, strângând şi mai tare braţul fetei, care deveni dureros.

A reuşit să se desprindă şi să se alăture mamei sale, care urmărise tot, fără ca vreo persoană prezentă să o observe.

Laura şi-a luat fata de mână şi, cu prima ocazie, s-au făcut nevăzute, afară din biserică. Totul era oricum pe sfârşite, iar fetiţa aceea neştiutoare, Carolina, îţi rupea inima prin inocenţa ei.

În trăsură, Laura a început prin a-i spune fetei tot ce văzuse.

- Nu e nimic vrednic de un gentilom, fata mea. Cred sincer că te doreşte aşa cum tu nu ştii încă să o faci. Îmi e teamă să nu cazi, micuţo.

- Simt o teamă faţă de el. Nu mai e ca la nunta surorii sale cu fratele meu. Parcă e necuratul care mă cheamă... Şi parcă nu am putere să-i stau în picioare. Domnul cu mine să fie, mamă. Nu mă voi duce în parc mâine, cum aproape că mi-a poruncit. Familia Sanseverino ne-a îngenunchiat. Lavinia parcă e o vrăjitoare, Andrea nu mai vede decât prin ochii ei. Şi totuşi are o forţă căreia nu o să-i rezist mult. Nu vrea nicio căsătorie cu mine. Şi nici eu cu el.

- Eşti vrăjită, fata mea. O să i te dăruieşti, iar apoi vălul o să cadă şi în urmă o să lase un gust amar şi o durere care nu va trece. Vei rămâne singură, stigmatizată. Nu vei putea ieşi din casă, iar tatăl tău...

- O să fug la mănăstire, dar ce vorbim noi acum, mamă? Nu se va întâmpla nimic din toate acestea, îi voi face faţă.

15

- Bianca, diavolul se mulţumeşte doar dacă se alege cu îngerul, iar tu eşti unul. Dar să nu mai vorbim, prea multe tristeţi pentru o singură zi. Fetiţa aceea în faţa sicriului mamei sale nu-mi mai iese din minte. Oricum, prinţul e tânăr, se va recăsători. Are nevoie de un moştenitor, de un băiat.

Au ajuns acasă mai mult îngheţate, cu toate că avuseseră pleduri în trăsură.

CAPITOLUL IV

Toată noaptea fata s-a zvârcolit în pat. Nu a adormit decât către dimineață, epuizată. S-a trezit târziu, dar încă mai putea ajunge la întâlnire. „Nu, îşi zise ea. Niciodată! O să mă leg cu lanțuri de un scaun şi nu o să fac ceea ce mă îndeamnă diavolul."

A coborât destul de senină la masa de dimineață. Tatăl ei nu a observat nimic din ceea ce Bianca dorea să ascundă, însă mama ei, privind pendula, a înțeles lupta care se dădea în inima fetei.

- Bianca, te rog să mă ajuţi la broderia pe care am început-o acum câteva luni.

- Da, mamă.

- Iar eu o să fiu ocupat în biroul meu. Aşa că toţi avem ocupaţii bine definite în această dimineață. Urâtă înmormântare ieri, a adăugat ducele, ieşind din încăpere.

Doamnele au intrat în salonaşul lor şi s-au pus pe lucrat, uitându-se la ceas din când în când. Doar un foc vesel le era gardian celor două femei neliniştite.

- Cred că ai întârziat destul pentru ca marchizul să mai fie încă în parc, a spus mama. Poate e nervos că nu ai venit. Cine poate şti. Eşti o curajoasă, micuţo, dar eşti tristă. Inima ta nu ştie ce să facă, să cedeze sau nu ispitei.

- Aşa este, mamă. Dar vezi că nu am cedat.

- Da şi mă bucur, sper să nu te mai necăjească această rudă. Uneori am impresia că şi căsătoria lui Andrea e o făcătură, o vrajă a acestei familii. Sunt nişte nemernici cu toţi banii lor. Este atât de frig afară, oamenii sunt mai îmbrăcaţi ca de obicei. E mai bine că nu te-ai dus. Puteai răci. Mă bucur că mă ajuţi, este aşa un model complicat la acest lucru de mână! Dar sunt încăpăţânată şi îl vom face împreună, ai să vezi.

- Da, mamă, a răspuns Bianca oftând.

Ziua a trecut iute cu micile obiceiuri ale fiecărei ore scurse. Seara a venit mai repede decât o aşteptau, noiembrie cu nopţile sale lungi era stăpân pe calendarul tuturor.

Bianca a urcat în camera ei cu o lumânare în mâna dreaptă, tremura şi era obosită. A intrat punând sfeşnicul pe scrinul de lângă uşă. Apoi a făcut lumină şi mai mare, încăperea însufleţindu-se. Un foc jucăuş era în şemineu, îmbiind la uitare şi somn. Fata s-a dus la fereastră, nu era nimeni pe stradă. Dar a scos imediat un ţipăt când a zărit în balconaşul camerei sale o scrisoare legată de ceva greu. A deschis uşa şi, cu mâna tremurândă, a luat scrisoarea, desprinzând-o dintre cârpele în care era înfăşurată piatra. Expeditorul dorise discreţie şi nu să spargă geamul. Şi îi cunoştea camera, s-a gândit imediat Bianca. „Pecetea casei Sanseverino", a spus ea. Nu se ascunde de mine cu niciun chip.

„Doamnă, scria acesta, v-am aşteptat două ceasuri lungi să veniţi. Degeaba. Nici urmă de dumneavoastră... Dar asta nu înseamnă nimic. Sunt perseverent din fire şi răbdător până îmi îndeplinesc dorinţele. Vor mai fi, cu siguranţă, ocazii în care să ne vedem singuri..."

Bianca i-a răspuns, întrebându-l cine este de fapt. E vreun demon? Ce vrea de la ea, când toate doamnele tânjesc după el? „De ce ai pus ochii pe mine, domnule? Ce nevoie ai, acum când îţi sunt rudă? Când îţi sunt soră? Ce ciumă îţi este împrăştiată în inima ta insensibilă? Nu îmi mai scrie, domnule, mă tulburi. Niciodată nu voi fi a ta. Am doar 19 ani şi nu am gând să mă mărit şi nici să-mi stric reputaţia cu o aventură care să mă facă tristă pentru tot restul vieţii mele."

Marchizul s-a distrat copios când a citit scrisoarea cu scrisul tremurat al cumnatei sale. I-a înseninat dimineaţa când a rămas singur. Femeia cu care-şi petrecuse noaptea îşi luase banii şi plecase la un moment dat. S-a hotărât să-i răspundă imediat. Printre zâmbete şi râsete înfundate, marchizul i-a scris că o doreşte pentru că nu a avut niciodată o fată neprihănită. Pusese un pariu cu cineva şi trebuia să-l ţină... „Bineînţeles, draga mea, că nu voi avea nicio obligaţie faţă de tine. Nici măcar nu va mai trebui să mă saluţi..."

- Cine se crede acest nemernic? se întreba Bianca mergând prin cameră cu scrisoarea în mână. Nu îi voi ceda. Câtă neobrăzare! E atât de sincer... hm... un pariu. Iar eu sunt victima pe care nici nu a trebuit să o caute mult. Crede că va rămâne în familie, un secret greu de spus. Blestematul. Şi Lavinia, care mă priveşte oarecum de sus. Mai bine nu mă mai gândesc. Trebuie să fiu o gazdă bună pentru balul pe care tata îl va da de Crăciun. O să am ocupaţie, aşa că să ne vedem de treabă.

În prima zi a Crăciunului anului 1801, caleştile împânzeau peronul de primire al palatului ducal. Totul strălucea, iar oamenii erau cu toţii fericiţi. Întotdeauna îşi doreau o invitaţie la ducele de Lanza, unde totul urmărea perfecţiunea. Bucătarii erau vestiţi pentru veleităţile lor. Era o dramă dacă o fată de măritat nu participa la vreun bal în această locaţie. Niciodată vreo invitaţie nu a fost declinată. Din cauza aceasta ducele era mândru întotdeauna când primea.

Bianca era în mijlocul sălii de bal, unde surâdea plină de voie bună. Uitase de prostiile cumnatului său, care a venit singur, ca de obicei. Sanseverino a făcut-o însă să-şi aducă aminte imediat ce crezuse că era demult dat uitării. Dansaseră deja de trei ori la rând când fata l-a rugat să se oprească pentru că mai sunt şi alte doamne în sală.

- Draga mea, voi face să creadă întreaga lume că în curând îţi voi face o promisiune. Nu e greu de gândit şi de făcut acest lucru. Te voi compromite. Ştii, eşti prea frumoasă pentru a fi fericită.

- Lasă-mă, te rog, şopti fata, eşti un diavol.

- Dar sunt frumos, nu-i aşa?

Iar ochii lor s-au întâlnit, Bianca aproape că a fost hipnotizată. În tot acest timp marchizul a avut grijă să-i strecoare cumnatei sale un inel din aur cu smaralde în săculeţul de mână. Odată cu el un singur cuvânt pe un bilet mic: „Păstrează-l".

Bianca a plecat de lângă el aproape smulgându-se. Mama ei nu era atentă, se pare că Lavinia i-a dat o veste straşnică, anul următor aducea cu el un nepot. Nora era în culmea succesului. Toată lumea o felicita, dar parcă mai mult fratele ei. Andrea, care ştia dinainte, era fericit că putea să se bucure. Ţinuse secret totul o săptămână.

Acum lumea mai avea un subiect de discuţie pe lângă toate celelalte. Bianca îşi dorea să se termine. Şi nici nu se făcuse miezul nopţii.

Contele Ernesto a invitat-o la dans şi a fost pentru ea ca o cupă de ambrozie. Acesta ştia să o liniştească fără să pună multe întrebări. Cu adevărat o plăcea. Aproape a făcut-o să râdă. Şi marchizul a dispărut din sală. Era liberă sau se amăgea cu acest sentiment? O obosea gândul că trebuia să-şi ducă existenţa doar în umbra unui bărbat şi a eventualei maternităţi, de care cumnatul său se jurase s-o priveze. Deci, nici măcar atât nu putea gândi că o să aibă.

Într-un târziu, au mers în sala de ospeţe, unde fata a mâncat puţin, aşteptând ca totul să ia sfârşit. Erau atâţia oameni în casă, atâta gălăgie, un miros de flori moarte şi atâtea pene rupte, încât aproape că îi venea să strige: destul!

Dar totul s-a terminat într-un târziu şi s-a putut retrage în camera ei, unde moleşeala dată de focul din şemineu îi aducea alene somnul. Camerista a plecat lăsând-o singură. Dar subreta uitase un accesoriu al rochiei de bal care i-a atras atenţia Biancăi căci strălucea prea tare: săculeţul ei de mână. Întotdeauna i-au plăcut aceste obiecte delicate. Erau uşoare şi dădeau mâinii o anumită eleganţă în mişcare. L-a luat de pe măsuţă şi l-a deschis, ştia că are o batistă înăuntru şi o cremă pentru buze. Dar a descoperit cu stupoare inelul şi biletul cumnatului său. Piatra verde şi rece o sperie întunecându-i minţile, parcă era un şarpe, ispita

19

întruchipată în ea. S-a trezit de tot şi cu ciudă a aruncat biletul în foc. Nu putea înţelege cum de a fost atât de neatentă încât Arturo a avut tot timpul din lume ca să-i deschidă săculeţul.

- Asta e cu adevărat o vrajă, a spus ea cu voce tare. Oare trebuie să păstrez inelul? Ce vrea de la mine acest om?

Lacrimi curgeau şiroaie pe faţa fetei. A ascuns inelul în cutia ei de scrisori şi s-a aşezat la oglindă cu capul în mâini. A încercat să se roage, dar gândurile îi zburau şi nu se uneau nicicum într-o rugăciune. Bianca simţea că nu putea să scape de vălul negru pe care marchizul i-l pusese pe cap. Se gândi apoi la cumnata ei, care acum aştepta un copil şi o urî. A simţit o coaliţie între cei doi fraţi.

A adormit acolo cu capul în mâini pe măsuţa de toaletă. Când s-a trezit era îngheţată de frig şi în beznă. Lumânarea se stinsese de mult, s-a băgat tremurând în pat.

Totul era înconjurat de linişte. Doar pendula de jos din salon se mai auzea, dar fără ca Bianca să-şi poată da seama de oră. A adormit când s-a încălzit, iar sufletul i s-a liniştit odată cu somnul.

Luna ianuarie a fost o lună atât de mohorâtă, cu ploi multe şi reci, cu păsări venite mai aproape de case pentru că în golf era lipsă de hrană. Ţipetele lor nu-i plăceau deloc Biancăi. În rest, nu ieşea decât duminica la biserică, iar ca să-i treacă timpul îşi ajuta mama la broderia ei. Era fericită că marchizul o lăsase în pace. La inel nu se mai uitase de când îl pusese între scrisorile vechi. Era atât de urât şi de greu. Un inel bărbătesc. Aproape că îşi revenise la firea ei de dinainte. Cânta la pian în fiecare zi, culegea flori din seră pe care le punea în apă, peste tot în vaze. Se gândea că, aşa, ianuarie este mai aproape de primăvară. Veselia ei a pus stăpânire pe palat, pe părinţi şi pe servitori. Avea să împlinească la sfârşitul lui aprilie 20 de ani. Era o vârstă atât de frumoasă. Chipul îi strălucea de tinereţe şi sănătate. Totul i se părea că revine la normal. Uitase, draga de ea, că fericirea trebuie, de obicei, plătită. Ciripea în tandem cu pasările din coliviile ei, care şi ele aşteptau primăvara.

Aşa că, în prima zi din luna februarie, s-a bucurat că peste 4 săptămâni avea să fie primăvară. Nici afară nu mai ploua şi parcă se mai încălzise. Apele golfului nu mai loveau cu ciudă stâncile, se liniştiseră. Ziua s-a mărit, iar lumina stătea mai mult în camera fetei, care îşi lăsa, fără teamă de frig, uşa de la balcon deschisă. Aerul curat o însufleţea. Considera abuzurile marchizului o toană a iernii, a lipsei de ocupaţie, de care acesta se lecuise odată cu soarele.

Lavinia şi Andrea erau la ţară pentru că sarcina cumnatei sale cerea multă linişte şi odihnă. Şi această lipsă o bucura pe Bianca. Andrea nu mai era al ei de când se însurase cu sora marchizului. Era al Laviniei şi mai puţin al familiei. Şi era firesc aşa.

Într-o seară, când s-a urcat în camera ei după cină, binedispusă, a îndrăznit să iasă pe balcon în răcoarea serii. Nu a observat din prima clipă plicul care îi fusese aruncat pe gresia acestuia. A înlemnit când şi-a dat seama ce putea fi. S-a repezit şi l-a luat de jos. Marchizul nu avea toane din cauza iernii. Ea s-a lăsat păcălită. Bianca s-a întristat când şi-a dat seama că Arturo a urmărit-o în aceste ultime săptămâni. Nu făcuse decât un pas înapoi pentru a sări mai bine. „Te-am lăsat o lună încheiată, iubita mea. Am fiert destul, chiar dacă ţie ţi-a mers bine şi aproape că m-am făcut uitat, vezi bine că nu e aşa. Sunt la fel de aproape ca întotdeauna. Scopul meu este acelaşi. Urăsc familia Lanza. Trebuie să vă distrug moral, material nu am cum, sunteţi tare bogaţi şi nu aveţi plăcerea jocului de cărţi sau a curselor de cai. Acum şi Lavinia face parte dintre voi, mai ales că aşteaptă un copil, un Lanza, un moştenitor. Tu eşti zala cea slabă, draga mea, şi vezi bine că mă îndrept către tine. Curând o să ai o surpriză...curând... ”

- Blestemat să fii tu, nenorocitule. Cât de bine mă cunoşti, diavole. Lavinia nu va fi niciodată o Lanza, e prea tare sora ta.

Bianca a început să plângă cu lacrimi amare. Îi curgeau şiroaie pe obraji şi de acolo pe decolteu. Aşa a găsit-o mama ei şi s-a înspăimântat citind scrisoarea.

- Cred că este ceva din trecutul familiei aici, a spus ducesa. Tu eşti doar momeala. Tatăl tău a crezut că, prin mariajul lui Andrea, totul se va stinge. Se pare că nu şi nici eu nu ştiu secretul. Linişteşte-te, nu ţi se va întâmpla nimic în casa tatălui tău. Ducele nu bănuieşte uneltirile marchizului cu privire la tine. O să-i spunem, dacă se întâmplă ceva grav.

Mama şi-a luat fata în braţe şi a calmat-o. Nu a plecat decât când Bianca a adormit. Au hotărât ca uşa camerei să stea închisă mereu de acum înainte. Astfel că nimeni nu putea pătrunde în dormitorul fetei.

O săptămână a trecut fără vreun semn de la marchiz. Dar Bianca îşi învăţase lecţia. Ştia ce o poate aştepta. Camera ei se afla nu tocmai aproape de cele ale părinţilor. Lângă ea era camera goală a fratelui său. Când erau mici, mai erau ocupate în aripa aceasta a palatului încă două încăperi, cele ale doicilor, care acum erau desigur goale. Fata era izolată deci, cu toate că distanţa nu era mare.

În una din seri, când îi scria prietenei sale, Maria Desimone, la conacul familiei la care se retrăsese cu băieţelul ei, i s-a părut că s-a făcut răcoare în cameră, dar nu s-a neliniştit. Uşa se vedea, era închisă. A coborât să pună scrisoarea pentru a fi expediată de dimineaţă şi a urcat apoi la ea mulţumită. Şi-a chemat subreta să o ajute cu dezbrăcatul şi apoi s-a băgat în pat. A stins lumânarea şi a închis ochii. Nici nu a apucat bine să facă aceste gesturi că a văzut draperia mişcându-se, de după ea apărând nimeni altul decât Sanseverino.

- Să nu ţipi, a spus el, punându-i mâna la gură, vei fi a mea oricum.

Bianca s-a lăsat moale în braţele rudei sale prin alianţă. A leşinat.

- Ce frumos miroşi, draga mea. Merită orice aşteptare.

Şi, râzând printre dinţi, marchizul a sedus-o pe biata fată care, când îşi revenea, când îşi pierdea suflarea, uneori scoţând mici ţipete, repede înăbuşite de marchiz. La finalul mişeliei, Bianca era trează din cauza durerii pe care o simţea. Fusese brutalizată fără milă.

- Ce ţi-a făcut familia mea? a şoptit ea abia auzit.

- Ce-ţi fac eu ţie acum, draga mea. Nu neg că eşti o victimă, continuă Arturo dându-se de pe ea şi începând să se îmbrace, dar asta ţi-a fost soarta. Eşti foarte frumoasă, aş mai veni, a rânjit el când a terminat.

- Pleacă, blestematule, apucă să mai strige Bianca înainte de a leşina.

Marchizul nu a mai auzit, deja ieşise pe balcon şi de acolo în grădină. Restul era destul de simplu.

Dimineaţa a venit cu un soare sclipitor. Ducii erau deja la micul dejun când subreta Biancăi a dat buzna toată răvăşită peste cei doi părinţi.

- Ce este? Ce s-a întâmplat, a strigat mama.

- Spune, nefericito, a strigat şi ducele.

- Tânăra stăpână e moartă. Totul în jur e răvăşit şi cred că am zărit şi pete de sânge.

Părinţii au suit repede treptele până la camera Biancăi, ca şi cum ar fi avut din nou 20 de ani. Când au deschis uşa, nu le-a venit să creadă.

- Bianca, fata mea, a strigat ducesa.

- E vie, a spus tatăl, dar ce a fost aici? Uşa e închisă, ba nu, uite o gaură în geam, pe aici a intrat şi a ieşit cineva. Sunt urme de paşi după draperie, dacă ar putea vorbi...

Subreta, care dăduse alarma, deja frecţiona tâmplele tinerei sale stăpâne. Un oftat s-a auzit curând. Ochii frumoşi ai Biancăi s-au deschis stinşi. Cei doi părinţi priveau şi nu doreau să priceapă nimic.

- A fost el, cumnatul meu, a fost o răzbunare... m-a dezonorat şi sunt pierdută. A spus că e ceva din trecutul familiilor noastre... Mai uşor a scăpat Andrea prin căsătoria cu Lavinia, dar eu cu ce am greşit? Mă mir cum de mai sunt în viaţă, a zis ea încet... E un diavol... M-a învăţat să urăsc. Nu voi iubi niciodată pe nimeni. Sufletul meu este sfâşiat în mii de bucăţi. Nu le voi mai putea strânge niciodată. Dar vreau să ştiu adevărul. De ce eu? Ce vrajă este aceasta?

- Laura, cheamă doctorul, iar tu, a spus ducele adresându-se subretei, schimbă totul aici. Eu voi porunci o baie caldă. Aşternuturile să fie arse. Iar ţie, fata mea, îţi promit că, atunci când vei fi gata, o să afli adevărul. Speram ca liniştea să cuprindă familiile noastre odată cu mariajul celor doi, dar nu a fost aşa. Nu o să te mai viziteze nimeni de acum. O să schimbăm geamul. S-a terminat. Ducele a ieşit din cameră alb ca varul.

- Nu e durere mai mare ca a mea, i-a spus el mai târziu Laurei. Dar să avem răbdare să vină draga mea fată.

Seara, fata a apărut, palidă, dar liniştită. Avea nevoie de o explicaţie pentru a înţelege. Părinţii o aşteptau.

- Ce s-a întâmplat aseară a fost o răzbunare cruntă cauzată de comportamentul tatălui meu. În trecut, a fost un mare crai şi a pus ochii, printre altele, şi pe una din fetele Sanseverino. A violat-o, dar, spre deosebire de tine, ea a murit din cauza spaimei. Nimeni nu ştie secretul în societate. Dar familiile nu l-au uitat şi se căuta breşa de răzbunare. Tu ai fost punctul meu slab. Fata mea, te rog să nu te simţi vinovată. Nu aveai de unde să ştii. Va trebui să ţii în tine acest secret dureros.

- Felippe, a intervenit ducesa, dacă e însărcinată? Cum vom face?

- Deocamdată e prea devreme pentru asemenea gânduri. Dar mă voi gândi şi la o asemenea variantă. În acelaşi timp, indiferenţa noastră îl va ucide pe acest neobrăzat.

- Nu cred că îl mai interesează ceva, dacă şi-a atins scopul, a şoptit Bianca. Oricum, îţi mulţumesc, îmi voi reveni eu curând. Lavinia a fost unealta familiei ei, nu cred că ştie secretul.

- Nici eu nu cred, însă are o anumită maliţiozitate care nu-mi place la ea, a completat ducesa.

- Va fi bine, a sfârşit ducele, dacă vom şti doar noi. Cele două servitoare, dacă vor deschise gura, nu vor mai fi primite în nicio casă respectabilă şi vor rămâne la mâna pescarilor din golf.

- Dar s-au jurat că nu vor spune nimic şi aşa va fi. Uşa este reparată, iar balconul nu mai are iederă pe el. A fost tăiată. Nimeni nu mai poate să urce. Avea nişte tulpini atât de groase, nici măcar Arturo nu avea şanse să cadă. Nu trebuie să arătăm nimănui nicio slăbiciune. Această întâmplare este o răzbunare, nu un păcat. Te rog, Bianca, să te porţi la fel ca şi până acum, eşti fiica unor duci şi ai tot sprijinul meu.

Ducele a ieşit din cameră, iar cele două femei au rămas singure.

- A fost oribil, mamă, atât cât am putut simţi. Dar voi ţine cont de vorbele tatei. Iar dacă voi fi însărcinată, voi şti să mă răzbun. Urăsc copilul acesta, chiar neştiind dacă-l port.

CAPITOLUL V

Peste două săptămâni Bianca ştia sigur. Urma să fie mamă. Era un pic surprinsă şi, în acelaşi timp, uluită de ce se întâmpla în corpul ei. A hotărât să fie cinstită cu ea însăşi, în primul rând, şi să-l anunţe pe Arturo, scriindu-i că nu are absolut nicio obligaţie, ci doar este înştiinţat. Marchizul i-a răspuns, în felul lui insolent, că nu este el tatăl şi că trebuie să se descurce singură.

- Bineînţeles că o să mă descurc singură, nefericitule. Familia mea, adică mama şi tata, îmi este alături, a spus ea printre dinţi, aruncând biletul în foc. Dar o să plăteşti tu cumva.

La cină, cei doi părinţi au aflat vestea. Nimeni nu s-a tulburat prea tare.

- Ne aşteptam la această situaţie, a spus ducele. Vei pleca peste două luni cu mama ta la aer, pe domeniul nostru de la Lazarotte. Te vei întoarce la fel de subţire şi de proaspătă precum eşti acum. O să vorbesc ca acel copil să dispară imediat. Nu ştiu dacă vei trăi o viaţă singură, drept pedeapsă, dar nu eşti cu nimic întinată în faţa mea. Nu a fost vina ta, iar marchizul va plăti prin voinţa sfinţilor.

- Când mă gândesc la seara aceea, a intervenit şi ducesa, seara în care l-ai refuzat pe contele care te-a cerut de soţie şi ai căzut în plasa nenorocitului care te-a vrut în noroi... Însă vom şterge murdăria împreună. Nimeni nu va şti nimic când te vei întoarce. Doctorul şi două servitoare sunt de ajuns şi le vom umple gurile cu aur, ca să tacă. Fiica mea, indiferenţa doare, iar Arturo o va avea din plin. Va ţine secretul şi el. I-ar face rău aflarea gesturilor sale în lumea bună pe care o frecventează.

În următoarele două luni, cele două servitoare s-au dovedit credincioase, mai ales prin refuzul de a primi banii. Au jurat că nu vor spune secretul. Doctorul din Lazarotte a fost înştiinţat şi a jurat, la rândul lui, că îşi va ţine gura cu privire la subiect. Astfel că ducele a plecat mulţumit în aprilie pentru a fi martor la semnarea contractului de căsătorie a infantei Maria Isabela a Spaniei cu vărul său, moştenitorul Regatului Napoli, văduvul Francesco, la Aranjuez în Spania.

Când s-a întors, plecarea Biancăi era deja pregătită. Cuferele erau pline, iar vila din Lazarotte era gata s-o primească. Cele două servitoare, camerista şi încă o fată din casă, fuseseră trimise înainte pentru a aranja totul.

Ducele şi-a luat rămas bun de la doamnele sale la începutul lunii mai, cerând insistent scrisori cât mai multe.

- Eu nu pot veni pentru că, în iulie, la Madrid, Francesco se căsătoreşte de proxi cu verişoara lui, cei doi se vor vedea în persoană la Barcelona în octombrie, când ambele familii vor veni pentru ceremonie. Poate e mai bine aşa. Ţinta tuturor este acest mariaj, la care şi în condiţii normale nu puteaţi participa... şi, ca să nu vă plictisiţi pe durata absenţei mele, aţi preferat să vă duceţi la ţară. Când vă veţi întoarce, veţi avea timp să felicitaţi pe toată lumea. Curaj, fiica mea, aruncă fructul acesta amar şi revino zâmbitoare printre noi... cu fruntea sus. Ştii, am stat şi m-am gândit, nu cred că o să rămâi singură. Nu am niciun presentiment. Fii optimistă, totul o să se schimbe peste jumătate de an. O să fie greu pentru că nu o să poţi ieşi dintre zidurile proprietăţii, dar ştiu că poţi duce pe umeri această perioadă grea.

Când trăsura a plecat, cele două doamne i-au făcut cu mâna ducelui, până când el a dispărut din faţa lor.

- Mamă, vom fi singure în următoarele 6 luni şi aş vrea să-ţi spun ce am pe suflet.

- Draga mea, nimic nu poate fi rău din partea ta, eşti o martiră. Până şi tatăl tău o recunoaşte.

- Mamă, când am aflat despre copil, i-am scris tatălui său. El mi-a răspuns exact aşa cum mă aşteptam. Te rog, nu mă întrerupe. Am făcut-o pentru mine. De Crăciun, când am dansat atât de mult cu marchizul, fără să simt ceva, mi-a vârât în săculeţul de mână un inel mare din aur cu un smarald la mijloc... şi un bileţel prin care îmi cerea să păstrez bijuteria. Nu am spus nimic, nici măcar ţie, iubita mea mamă. Am ascuns inelul în ascunzişul cutiei mele de scrisori. Uite-l, ţine-l în palmă.

Ducesa a luat inelul şi l-a învârtit pe toate părţile.

- Uite, pe interior are stema familiei sale.

Bianca a întins mâna şi a luat inelul.

- Nu are importanţă acum acest lucru. Vreau să continui, am multe să-ţi spun.

Fata a tras aer în piept şi a continuat:

- Am hotărât ca, lângă inelul tatălui să fie, la plecarea copilului de lângă noi, şi un inel care-mi aparţine. Copilul va avea ca unică moştenire aceste două bijuterii. Nu are rost ca inelul lui Arturo să mai rămână la mine. Nu-mi aparţine. Eu cred că fac bine. Mai ales că-i vor fi date acelui stareţ care-l va creşte pe copil.

- Şi eu cred că faci bine, e corect ca acest prunc nedorit şi atât de nevinovat să aibă ceva de la voi, a şoptit ducesa.

- Mă gândesc că nu eşti supărată pe mine că nu ţi-am spus despre aceste lucruri mici. Însă au fost hotărârile mele.

- Scumpa mea, fii liniştită, nimic nu schimbă întâmplarea aceasta nefericită, i-a răspuns mama.

- Dar nu am terminat, a zis fata oftând în timp ce privea pe geam. Ştii că în aceste două luni tulburi, contele Pallavicino ne-a vizitat de câteva ori. Chiar săptămâna aceasta, ultima dată.

- Da, ştiu, fiica mea, un bărbat foarte bun şi demn.

- Cu ocazia unei vizite, parcă acum două săptămâni, m-a surprins în seră cu lacrimi în ochi. Mă credeam singură. Mi-aduc aminte că am vorbit de căsătoria prinţului, de faptul că şi el trebuie să meargă la Barcelona, dar eu eram absentă. Îl ştii pe Ernesto, e un om tare direct, aşa că m-a întrebat ce am. Iar eu l-am întrebat de ce mă chinuie cu vizitele sale. I-am spus într-un final toată povestea, că voi pleca la ţară după răzbunarea din casa noastră a marchizului. I-am spus că sunt nenorocită pe viaţă, că voi da copilul la o mănăstire şi l-am întrebat dacă acum e mulţumit de istorisirea mea şi dacă încă mă iubeşte. El a tăcut şi mai apoi s-a înclinat. A plecat. Săptămâna aceasta, când ne-am luat adio unul de la altul, mi-a spus că nu se bucură deloc de năpasta ce a dat peste mine, dar că speră să trec cu bine peste ea, că va păstra această taină adânc în inima sa şi că mă aşteaptă înapoi. V-am ascuns cam multe, ţie şi lui tata.

- Ernesto nu va vorbi, cu siguranţă. Nici nu se aştepta la un asemenea secret. Probabil că este încă uluit, dar eu simt că nu te urăşte. Cred că ţi-a rămas prieten. E bine că ştiu şi eu acum totul. De Crăciun o să zâmbeşti din nou, iar lucrurile se vor uita curând. O să fie bine.

Pe seară au ajuns pe drumul spre Lazarotte. De acum, în jumătate de ceas, aveau să fie în salon. Câmpurile erau atât de frumoase la lăsarea serii. Tăcerea din trăsură era totală. Doamnele erau obosite. Aveau să vorbească destul una cu cealaltă, fără nicio vizită de acum înainte.

- O să-mi fie dor de tata, iar el nu poate veni, e prins cu această nuntă.

- Nu ai ce să faci dacă faci parte din delegaţie. În fond, este stăpânul acestui pământ, prinţul. Acest pământ călcat de atâţia spanioli şi francezi şi atât de puţin al nostru acum.

Cele două femei s-au întrerupt. Una dintre servitoare a intrat cu tava de ceai şi cu un mesaj.

- Stăpână, mâine vine doctorul domnişoarei. O să fie foarte bine, cu siguranţă. Aerul este foarte curat aici şi o să vă obişnuiţi cu tot ceea ce este în jur.

- Mulţumim mult, poţi să pleci acum, a răspuns ducesa zâmbindu-i fetei care părăsi curând încăperea.

- Bianca, nu e o închisoare, putem fi vesele aici. Iar parcul e minunat. Nu fă mutriţa aceasta descumpănită, aşa trebuie, aşa e cel mai bine.

Astfel, cele două au început o viaţă diferită de ceea ce trăiseră până atunci. Într-adevăr, priveliştea era minunată, iar Bianca era liniştită şi sănătoasă. Nu-l primeau decât pe doctor, care venea o dată la două săptămâni, în rest doar scrisori.

Mama şi fiica stăteau pe un pled, sub un arbore bătrân, împletind coroniţe. Pântecul fetei se rotunjea, uimind-o pe aceasta. Primele mişcări ale copilului au uluit-o. Au bucurat-o peste voinţa ei impusă.

- Degeaba simt asta. O să-l dau oricum, spunea ea.

- Este mai bine să uiţi ideile acestea. Îţi fac rău şi nu au niciun folos. Aşa a vrut Cel de sus. Trebuie să ne ducem crucea.

- O să mă doară să-l dau, după cât de tare îl simt în mine. Şi tata e la Madrid cu afacerile altora, iar eu plătesc ce? Greşelile cui?

- Pe tatăl tău îl doare mai mult decât îţi închipui, fata mea. Eşti puţin nedreaptă, dar este o toană a sarcinii.

- Iartă-mă, mamă, a spus Bianca cu lacrimi în ochi.

- Nu am ce să-ţi iert, scumpa mea. Şi eu aştept să se termine calvarul acesta şi apoi jur că nu voi mai călca niciodată pe această moşie. E deja iulie târziu. Încă cel puţin trei luni. Jumătate din chin a trecut. Nu pot să fiu bună cu acest copil ştiind cine îi este tatăl. Tu poţi?

- Nu, mamă, nu pot, a spus oftând fata. Oare ce face nenorocitul? Sper că nu a spus nimănui.

- Nu, cu siguranţă că nu. Este doar o reglare de conturi între cele două familii.

Cu fiecare zi, ceasurile de plimbare deveneau mai puţine înainte de cină. Ziua se micşora, iar toamna îşi spunea cuvântul. Era la fel de cald, însă din nord începuse să bată pe nesimţite un vânt calm, la început, iar mai apoi nervos, alungând doamnele în casă. Dar zilele tot frumoase au rămas, iar Bianca tot afară stătea mai mult. Îi plăcea să culeagă trandafiri, se pare că mirosul lor o încânta. Avea camera plină. Ducesa râdea, înţelegând toanele sarcinii.

Bianca se simţea bine, era calmă, se învăţase cu ideea de a da copilul acesta nevinovat în schimbul onoarei familiei. Îi plăcea că nu se mai aranja ca în capitală. Nu o vedea nimeni, putea să-şi lase părul despletit, legat doar cu o panglică. Intra în bucătărie veselă, speriind cele două slujnice care, revenindu-şi, începeau să râdă. I se făceau toate mofturile, ştiind că totul se va termina curând.

O lovitură, care a umplut-o de uimire pe Bianca, a fost vizita neanunţată a contelui Ernesto la Lazarotte. Când a văzut trăsura intrând, care nu semăna cu cea a doctorului, fata s-a ascuns. Îl primi ducesa, calmă, aducându-şi aminte la timp că Pallavicino ştia.

- Fata mea s-a ascuns de dumneata. Nu cred că va coborî din camera ei cât vei sta aici. Mă bucur că ai venit, poate ne aduci noutăţi. Ştim câte ceva din scrisori, dar prin viu grai nu prea.

- Nu trebuia să se ascundă, a spus Ernesto, sărutând mâna ducesei. Oricum, totul este în regulă, nimeni nu ştie adevăratul motiv pentru retragerea doamnelor familiei Lanza la ţară. Toată lumea discută de aer curat şi se pare că mai sunt câteva familii care au făcut la fel, au plecat din capitală. Lavinia a născut o fetiţă, iar Andrea e puţin confuz că aţi ales să staţi aici fără să scrieţi şi, mai ales, fără să fiţi prezente la naşterea Gaetanei. Fratele ei i-a făcut deja două vizite de curtoazie nepoatei sale. I-a fost naş de botez.

- Nu am ales noi aşa, Ernesto, a oftat ducesa. Ştiu că Bianca ţi s-a confesat, iar faptul că eşti aici în momentele acestea spune multe. Cred că eşti cel mai bun om de pe pământ pentru copiii mei. Mă gândesc că soţul meu nu ştie că eşti aici.

- Nu, bineînţeles că nu ştie. Nu am destăinuit secretul Biancăi. Dar poate că o să-i spun la Barcelona, luna viitoare. Nunta aceasta în trei părţi, la fel de princiare, a umplut tot anul acesta.

- Da, este adevărat, dar pe noi ne-a ajutat, într-un fel... e o situaţie atât de delicată. Bianca trece bine peste ea, cel puţin în aparenţă. Recunosc că, la început, a fost greu, dar mă rog pentru ea în fiecare zi şi sper ca în noiembrie să se termine totul. Avem un doctor care vine. Am încredere în el.

- Da, înţeleg, doamnă... Aş vrea să urc la Bianca, dacă mi-aţi arăta unde e poziţionată camera ei.

- Sigur, dar nu ştiu dacă o să-ţi deschidă... Poţi încerca, vino.

Cei doi au luat-o în sus pe scări, iar imediat la stânga, pe un coridor, ducesa i-a arătat uşa camerei fiicei sale, apoi a plecat.

Contele a stat în faţa uşii un moment înainte de a bate în lemnul uşii. Când a ciocănit, un zgomot brusc s-a auzit din cameră.

- Pleacă, te rog, a strigat Bianca.

- Nu, până nu te văd. Pentru tine am venit. Vreau să vorbim.

- Dar eu nu vreau, i-a răspuns fata.

- Deschide puţin uşa, a şoptit Ernesto, te rog...

Bianca a deschis-o puţin, doar atât cât să-l privească pe conte în ochi. Acesta a împins însă uşa încetişor şi a intrat.

- Nu te ascunde de mine, Bianca. Nu trebuie... ştii care-mi sunt sentimentele.

- Dar tu nu ştii cât îmi este de ruşine...

29

- Nu ai de ce. Nu ai vrut această situație. Miroase prea tare a trandafiri în cameră. Nu este aer. Am să deschid fereastra, dacă nu te superi.

- Mie îmi place în aceste momente, Ernesto.

- Înțeleg, a spus contele. Bianca, a continuat el, am vrut să te văd pentru că te iubesc și pentru că vreau să-mi fii soție. Am un plan. Vreau să te cer tatălui tău luna viitoare. Îi voi explica faptul că știu încă din primăvară situația. Copilul va fi dat la mănăstire imediat ce se va naște. Acolo va crește în secret, tu nu vei ști unde. Starețul nu va spune nimic, iar marchizul nu va triumfa. Umblă vorba că e aproape scăpătat. Nu știu sigur, e doar un zvon.

- Ernesto, mă uimești. Știi că eu nu te iubesc, cel puțin nu așa cum simți tu.

- Te voi ajuta să înveți să mă iubești, să reînveți să zâmbești. Ai doar 20 de ani. Astea sunt planurile mele pentru noi doi. Iubirea mea va ajunge pentru început. Știu că te-am tulburat, însă nu te voi mai deranja. Ne vom vedea la Napoli în decembrie, atunci când vei reveni din nou, singură. Până atunci, te rog, gândește-te, merită. Plec acum. Vreau să mă întorc la Napoli, oricât de târziu, ai vrea să mă conduci?

Ernesto a luat-o de mână pe Bianca, iar aceasta și-a lăsat mâna într-a lui. S-au ridicat și au coborât scările împreună.

- Nu rămâi? a întrebat ducesa.

- Nu, dar Bianca mă va conduce la trăsură și acest lucru face mai mult decât să stau peste noapte. Îmi dă speranțe.

Ducesa a început să plângă, alăturându-se celor doi, dar brusc și-a adus aminte:

- E mai bine să nu o vadă vizitiul, conte. Te conduc eu afară, a spus ea.

- Da, ce indiscreție era să comit.

- Pe curând, Bianca. Ne vedem la Napoli.

- Drum bun, Ernesto, a zis fata, rămânând pe loc.

Ducesa a ieșit afară cu contele, pe când Bianca a început să urce treptele una câte una către camera ei. Când a ajuns, glasul mamei ei a făcut-o să se oprească:

- Poate că e un nou început, o nouă viață pentru noi toți.

- Da, mamă, poate. Am la ce să mă gândesc.

În octombrie, Francesco și verișoara lui s-au căsătorit, în sfârșit, în carne și oase. Cele două doamne au primit de la duce o scrisoare chiar din Barcelona, în care le povestea acestora toată festivitatea și întoarcerea lui de la sfârșitul lui octombrie. Le amintea de propunerea contelui Pallavicino, care l-a surprins mult, dar care l-a încântat și l-a mulțumit: „O iubeşte pe draga mea Bianca, eu nu voi sta împotriva lor, a promis să ţină secretul şi pentru mine este destul. Aştept să se nască copilul şi apoi vom putea privi înainte..."

- Da, e ca o stâncă de hotar naşterea aceasta. Nu pot gândi până atunci. Luna viitoare voi fi mamă şi, în acelaşi timp, nu voi fi pentru că mi se va lua pruncul... E mai bine aşa.

- Într-adevăr, fiica mea. Păcat că începe să fie frig afară şi trandafirii s-au dus.

- Nu-mi mai plac de ceva vreme, mamă. Mă ameţeşte mirosul lor. Vreau doar să se termine totul. Vreau să şterg pagina aceasta din viaţa mea. E plină de sânge şi ură. Nu mai am răbdare.

În sfârşit, la începutul lunii noiembrie, ducele a venit la doamnele lui, nu înainte de a-şi vizita nepoata. Lavinia şi Andrea nu înţelegeau ce se întâmplă cu ducesa şi cu Bianca, dar ducele i-a liniştit, povestindu-le de o boală de care suferă soţia sa şi de care va scăpa în curând, era cu totul încredinţat.

Deja Bianca nu mai cobora. Obosea repede şi stătea mai mult în camera ei.

Odată cu ducele, au venit stareţul unei mănăstiri din Napoli, pe care nu-l cunoştea nimeni la ţară, împreună cu doi călugări, mereu pătrunşi de rugăciunile lor.

Viitoarea mamă ştia că nu mai are mult, aşa că luă cele două inele, care arătau originea reală a copilului, şi le puse pe o panglică albastră. Lângă panglică a pus o scrisoare în care îi vorbea copilului cu vorbe calde, dar ferme, spunându-i tot adevărul. Scrisoarea era pecetluită şi avea scris ca nimeni să nu o deschidă, doar copilul, atunci când stareţul va crede de cuviinţă să i-o înmâneze. Îi dădu panglica cu inelele şi scrisoarea acestuia din urmă şi apoi aşteptă să se întâmple.

A născut la câteva zile după întâmplarea din urmă. Îşi sărută o dată copilul, un băiat, care îi fu luat pentru totdeauna, apoi leşină de durerea inimii sale. Ducele a plecat curând cu cei trei călugări şi cu copilul. Nu a ştiut nicio clipă de inele sau de scrisoare. Stareţul a păstrat tăcerea. Când Bianca şi-a revenit, ducesa era lângă ea îmbărbătând-o.

- Uită, fata mea, uită, tatăl tău te-a promis lui Ernesto. Vei fi curând măritată şi vei avea copii cu un bărbat care te iubeşte. Să nu fii tristă când ne vom întoarce, nu-i da satisfacţie marchizului.

Ducele, pe de altă parte, s-a întors spunând că marchizul nu mai are bani.

- Se vorbeşte că i-ar face curte unei văduve bogate şi încă tinere. Jocurile de noroc şi cursele de cai l-au ruinat. Fiul tău va fi fericit aproape de Dumnezeu, departe de canalia de Sanseverino. În inima lui va dăinui pacea. Călugării i-o vor insufla. Sunt hotărât să te văd mireasă până de Paşte. Şi, cum i-am dat mâna ta contelui, mă aştept, pentru că vă ştiţi de mult, ca anunţul să fie făcut de Crăciun.

- Şi dacă va fi blestemat ca tatăl lui să facă rău? a întrebat Bianca, cu gândul aiurea.

- Fiecare cu destinul lui, fiica mea. Al tău e la Napoli. Pallavicino mi-a promis că va avea răbdare. De altfel, nu i-am dat consimţământul decât cu această condiţie.

CAPITOLUL VI

O lună de zile a avut Bianca la dispoziţie ca să-şi revină. Mijlocul ei redevenise aproape la fel de subţire ca în iarna trecută. Cearcănele i s-au dus, iar conştiinţa o lăsa în pace momentan. Stefano se numea copilul pe care acei călugări i l-au luat pentru totdeauna. Aflase de la tatăl ei acest detaliu. Ceea ce în primele zile a fost atât de real în mintea ei, acum era deja doar o impresie, un vis urât. Nu-şi mai amintea că-şi privise fiul, că-l ţinuse puţin în braţe. Şi-l imagina mort. Cum aveau să-l îngrijească acei călugări mai bine ca familia pe care nu putea s-o aibă acest copil?

Când peste o lună au închis casa pentru a pleca în capitală, Biancăi i-a părut rău că pleacă.

- Am urât atât de mult la început acest surghiun, iar acum, când plec, îmi pare rău. Casa asta are acum multe secrete pe care le va ţine închise între uşile, ferestrele şi pereţii săi. Aici s-a născut fiul meu de care nu va şti nimeni. Poate că nu va trăi mult, să se chinuie.

- Fata mea dragă, uită, uită.

- Am uitat de mult, mamă. Nu mai am decât o vagă imagine a băiatului meu şi a căldurii lui. E ultima dată când vreau să vorbesc despre subiectul acesta, pentru că cu greu vom mai putea fi singure de acum încolo. O să mă mărit cu Ernesto, pe care nu-l iubesc şi pentru care simt prietenie şi recunoştinţă.

- Va avea răbdare, Bianca.

- Nu mă îndoiesc, îl cunosc prea bine. Însă, aş vrea să pot să-i răspund la fel. Şi o să schimb din nou casa. O să fiu stăpână peste oameni necunoscuţi. Dar cred că încă pot să amân discuţia aceasta. Nici nu ni s-a anunţat logodna.

- Ernesto te aşteaptă să vii. Imediat va apărea în ziar ştirea. Trebuie să-ţi faci rochii noi, un trusou frumos şi un viitor care începe azi.

- Da, ai dreptate, mamă.

Cât despre Stefano, a făcut ce fac toţi copiii, a crescut de la an la an. A crescut la mănăstire fără să pună întrebări. A deschis ochii văzând doar călugări care se rugau şi care îi zâmbeau mereu, lăsându-l să facă ce vrea. Stareţul l-a învăţat să citească şi să socotească şi era mulţumit cu atât.

- Eşti isteţ, fiule, asta peste câţiva ani o să-mi dea mult de gândit, dacă o să mai trăiesc să te văd mare.

Stefano zâmbea şi pe nevăzute fugea în grădina de zarzavat. Acolo îi plăcea să stea să privească munca celor însărcinaţi cu asta.

Cât despre călugări, aceştia şi-au dat seama că în spatele scutecelor stă o taină şi l-au primit cu bucurie pe copil. Acum era şi viaţa lor mai animată. Trebuiau să aibă grijă de acest sufleţel chinuit şi încă nevinovat. Nu au încercat să întrebe în stânga sau în dreapta cine este. Nu era treaba lor, ei trebuiau să aibă grijă de băieţelul cu zulufi blonzi, pe care stareţul nu a îndrăznit să-i tundă decât târziu. Stefano, cu ochii lui mari, albaştri şi minunaţi, nu a plâns când stareţul l-a tuns, a spus doar foarte serios că o să-i crească la loc. Aceste vorbe i-au uimit de tot pe bieţii călugări.

Sanseverino, precum se zvonise, sărăcise şi a fost nevoit să se căsătorească cu Flavia Chiaramante, o tânără putred de bogată, rămasă neconsolată după moartea soţului său în războaiele pentru Napoli. Neconsolată, vine vorba, până când Arturo a pus ochii pe ea, bucurându-se că nu are copii, ci doar bani şi trup de oferit.

S-au căsătorit destul de repede, după o logodnă de o lună, în vara anului 1803. Flavia i-a născut marchizului doi copii încântători, aducându-l pe acesta cu picioarele bine înfipte în pământ, făcându-l fericit. Matteo şi Maria, născuţi în 1804 şi 1806, l-au schimbat total pe nărăvaşul Arturo. Acesta nu mai pleca de acasă. Ieşea doar cu soţia la teatru sau în vizite, uimind lumea bună din oraş. Lucrul ţinu puţin, buna Flavia murind patru ani mai târziu, în 1810, lăsându-l pe Arturo cu cei doi copilaşi minunaţi. A plâns-o şi, din devotament pentru amintirea ei, nu s-a mai căsătorit şi a trăit cumpătat, cu toate că era bogat ca un sultan.

Familia Pallavicino, adică Bianca şi Ernesto, s-a format în 1803, chiar înainte de ceremonia marchizului, uimindu-l peste măsură pe acesta. Ernesto a învăţat-o pe soţia sa să uite de temeri, de durere şi să ajungă să-l iubească. Reuşi cu adevărat, spre bucuria ducilor de Lanza. Bianca a ajuns să nu o mai doară prezenţa Laviniei sau a lui Arturo aproape de ea. Nu-i plăceau, dar îi tolera.

Viaţa contesei s-a schimbat când a apărut pe lume copilul ei şi al lui Ernesto, Benedetto, în 1805. De atunci aproape că era doar mamă. Îl sufoca pe copil cu sărutări şi îl alinta cum numai o mamă o poate face. Contele era încântat. Nu dăduse greş în a-şi alege soţia, iar copilul era copia mamei lui, blond cu ochi albaştri, cu pielea ca zăpada care cade pe munte.

Aşadar, ducii puteau închide ochii fericiţi, copiii lor reuşiseră să treacă peste toate obstacolele din calea lor. Lavinia nu mai născu niciodată, Gaetana fiind unicul copil şi nici Bianca nu mai deveni mamă.

În final, toți erau fericiți în locul lăsat lor de divinitate. Toți acești frați ai lui Stefano, erau mulțumiți, cu acesta în frunte... până când momentul în care perdeaua care ascunde povestea s-a dat la o parte, făcându-l pe bătrânul stareț să-și uite de liniștea lui.

Stefano era un băiat minunat și foarte isteț. I-a învățat multe lucruri pe călugări. Se cunoștea că avea sânge nobil în el, chiar dacă arăta uneori prin comportamentul lui multă încăpățânare și înverșunare, încât umilii călugări îl comparau, în secret, pe șoptite, cu un veritabil măgar.

Istețimea lui l-a adus pe Stefano, când a împlinit 18 ani, în chilia starețului, unde în general făcea cam tot ce dorea. Era ziua cu care începea libertatea lui. S-a așezat pe scăunelul din fața mesei lui Francisc și l-a privit pe acesta cu subînțeles.

- Știu privirea aceasta, fiule. A fost o sărbătoare frumoasă ziua de azi, dar nu e completă fără ceva ce doar eu dețin: secretul. Pot să-ți mărturisesc că, de când ești aici, mi-a fost teamă de această zi și m-am rugat pentru putere și înțelepciune, dar văd în privirea ta că zilele s-au scurs și momentul a venit. Sper să am puterea să-ți mărturisesc totul. Ești pentru mine copilul pe care nu l-am avut niciodată. Te iubesc din tot sufletul meu, ca de altfel toată lumea din sfânta mănăstire.

- Nu vă am decât pe voi, părinte, dar trebuie să știu cine sunt. Cunosc afecțiunea tuturor față de mine, și eu simt la fel... dar nu sunt de-al vostru... și vreau să știu al cui sunt. Am 18 ani și toți trăiți doar aici, cred că a venit clipa, anul să știu. Până și Napoli nu mai e Napoli, e Regatul celor două Sicilii, precum m-ai învățat. Sunt patru ani de când ne aparținem din nou. De când francezii, englezii și spaniolii au plecat, iar Ferdinand e din nou regele nostru, aici și nu ascuns te miri prin ce locuri.

- Fiule, ești patriot, acest lucru mă încântă. Aici, în mănăstire, am trăit fără să aflăm pe pielea noastră cum au fost stăpâniți ai noștri de francezi. Adică de Iosif, fiul lui Napoleon, de Carolina, mătușa lui și mai apoi de Murat, soțul acesteia, executat la Pizzo, în Calambria.

- Și-a meritat-o. Napoli era al nostru prin Congresul de la Viena din 1815. Strașnici austriecii aceștia, ca de altfel și englezii. Așa am învățat istoria, de la tine, bunule părinte. Dar acum e liniște, iar pe timp de pace tunurile stau ascunse. Nu mai interesează pe nimeni. A venit timpul să-mi spui ce este cu mine, poate mă voi liniști sau poate nu, dar trebuie să știu. Sunt mare acum. Am 18 ani.

- Da, dragul meu, văd că nu mai ești cel de acum câțiva ani. Cred că pot să-ți spun ce am jurat să-ți ascund. Meriți acest adevăr. Sper doar să nu-ți înnegrească sufletul tău bun și să te facă să te schimbi. Dar eu nu pot face lucruri în locul tău. Tu vei decide în ce parte o vei lua: către bine sau către rău.

35

- Ce vrei să spui? a întrebat Stefano. Trecutul meu e atât de negru?

- Da, dar nu din vina ta, ci a unui bărbat cu o tinerețe neagră. O să fie păcatul pe care o să-l iau cu mine în mormânt... jurământul călcat... Dacă vrei și ai răbdare, pot începe acum. Ridică-te de acolo, vino aici, mai aproape de foc. E o poveste lungă.

Starețul a oftat și și-a împreunat mâinile.

- Nu este secretul meu, însă mă apasă de multă vreme. Facă-se voia ta, Doamne. Totul pornește de la o greșeală de tinerețe căreia i-a urmat răzbunarea. Tu ești rodul acestei răzbunări. Străbunicul tău, un crai, a sedus o fată care nu trebuia sedusă sub nicio formă, iar aceasta a murit de spaimă. Nepotul acestei femei a sedus, la fel de mizerabil, o femeie și așa ai apărut tu. Imediat după naștere, mi-ai fost încredințat, cu două inele și scrisoarea mamei tale. Tatăl tău este marchizul Arturo Sanseverino, iar mama ta este fiica ducilor de Lanza: frumoasa Bianca. Arturo a avut o soră care s-a căsătorit cu fratele Biancăi, așa tatăl tău a putut să o nenorocească pe cumnata lui, stându-i aproape. Nimeni din Napoli nu știe de tine, pentru că amândoi părinții tăi s-au căsătorit cu alte persoane și au știut să păstreze tăcerea. Mama ta nu a știut niciodată că ești așa de aproape de ea, dar știi și tu că lucrurile de sub nas nu se văd niciodată. Bianca s-a căsătorit cu contele Pallavicino și, din partea aceasta, ai un frate, iar marchizul s-a căsătorit și ai o soră și un frate din partea lui. Unchiul tău, Andrea, are o fată cu sora marchizului, ea îți este vară. Din păcate, mama ta este moartă de mai bine de patru ani, bunicii materni sunt, de asemenea, morți de multă vreme, ca de altfel și soția marchizului.

- A murit, a strigat Stefano ridicându-se, atât de tânără. Oare m-a iubit?

- Te-a iubit și a suferit mereu, neștiind unde ești, i-a răspuns părintele. Așteaptă pe scaun, aduc ce mi-a dat mama ta când a trebuit să mi te dea.

Starețul s-a ridicat și s-a dus către un scrin pe care l-a descuiat cu o cheie aflată pe un lanț la gâtul său.

- Nu prea deschid acest dulap, fiule... iar acest sertar niciodată. Dar a cedat, cheia este încă bună. L-am găsit. Sunt puse pe o panglică, iar scrisoarea e galbenă, dar cu scrisul încă vizibil. Ia-le și să mă ierte Cel de sus.

Stefano a luat scrisoarea și panglica cu inelele. A deschis cu teamă plicul și a găsit două pagini cu un scris minunat, scrisul mamei sale:

„Dragul meu copil, încă nu te-ai născut, dar curând vei respira același aer ca și mine. Vii pe lume dintr-o uniune chinuită și nu știu ce va fi cu tine pentru că mi te vor lua. Vii pe lume în urma unei răzbunări a cărei victimă nevinovată sunt eu. Nu știu totuși să spun vorbe urâte despre tatăl tău. Nu-l vei cunoaște, ce rost are? De când te-ai mișcat prima dată în mine, te-am iubit, cu toate că toți din jurul meu încercau, prin orice mijloace, să-mi spună să nu o fac. Îți sunt mamă și te iubesc. Nici nu știi cât. Odată cu căsătoria cu Ernesto Pallavicino, toată lumea crede că te voi uita. Se înșală. Vei fi ca o zbatere tristă de aripi pentru mine cât voi trăi. Sper că nu prea mult. Tata a hotărât unde să te ducă, e un mare secret, nici mama nu-l știe. Curând vor veni să aștepte să nasc, să mi te ia cei ce te vor vedea zilnic și se vor bucura de neprihănirea ta. Îi simt ca un vânt în ceafă, ca pe niște vulturi cu aripi uriașe... iar eu nu pot să fac nimic. Bani vei avea, călugării aceștia vor face totul pentru tine, tata se va ocupa de acest aspect. Însă banii nu cumpără liniștea mea. Sper să fii băiat. Să te descurci acolo unde vei fi. Inelele îți aparțin. Ele dovedesc cu adevărat cine ești. Păcat că nu pot scrie că te-am sărutat vreodată... Cu bine, fiul meu nenăscut."

- Mama nu merita această viață!, a spus el.
- Tu o meriți pe a ta? a întrebat repede starețul. Vei deveni călugăr, fiul meu. Poți tu oare să stârnești vântul, acum după atâta vreme?
- O să mă călugăresc, dar înainte, voi face niște vizite și îmi trebuie haine civile. Nu te împotrivi, nu voi sta în calea nimănui. Nu am nevoie de bani.
- Bani ai destui, precum spune și scrisoarea, Stefano. Nu mă voi împotrivi, ce este scris, se va înfăptui. Dacă doream asta, tăceam sau inventam ceva. Orice te-ar fi mulțumit. Du-te în lume, privește-o de aproape, miră-te, bucură-te, scârbește-te și apoi vino la mine. Suntem legați, iar în curând vei fi frate cu ceilalți călugări și, desigur, și cu mine.
- Cum era mama, părinte?
- Era blondă și avea ochii tăi. Era frumoasă ca o rază de soare la care nu te poți uita mult timp. Avea o inimă bună și un simț desăvârșit al onoarei. Soțul ei, contele, a venerat-o până când a închis ochii. Dar mergi acum, a fost prea mult pentru mine să povestesc în câteva ceasuri ce am ținut în mine 18 ani.

CAPITOLUL VII

Stefano, ajuns în camera lui, care era mult diferită de o chilie obişnuită, s-a aşezat pe un scaun la fereastră şi a privit inelele. Pe cel delicat, al mamei sale, l-a sărutat cu aviditate. Pe celălalt, nu l-a plăcut din primul moment. Era prea dur şi parcă prea masculin. Arăta răutatea inimii tatălui său. Le-a pus pe amândouă la gât pe o panglică neagră, aproape de piele, sub haine, să nu le vadă nimeni. Cât despre scrisoare, a mai citit-o o dată şi a sărutat-o. Filele îngălbenite îşi strigau fragilitatea. Stefano s-a gândit să o pună undeva la loc ferit de umezeală, era scrisul mamei sale, unicul pe care îl avea. Din el răzbătea multă dragoste, grijă şi teamă. Băiatul simţea o durere mare în piept la gândul că e moartă de 4 ani. Atâtea noutăţi de ziua lui, se învălmăşeau toate în mintea sa. Mai avea 3 fraţi şi o verişoară. Tatăl său şi soţul mamei sale trăiau. Unchiul lui, ducele de Lanza, trăia şi el, dar niciunul dintre bunici. Dintre toţi, doar tatăl său şi contele Pallavicino ştiau secretul, restul nici nu-l bănuia.

- O să mă duc să-i văd, şi-a spus el, pe aceştia doi. O să mă primească, cel puţin contele... Dar şi tata, e necăsătorit şi îmbunat de vârstă. Apoi o să depun jurământul. O să vorbesc cu părintele Francisc. O să-mi dea bani de haine şi de cheltuială. Dar acum trebuie să mă odihnesc, hotărârea aceasta mi-a luat toată vlaga.

A stins lumânarea şi s-a vârât în aşternut. A refuzat să mai mănânce ceva şi nu a ieşit când un călugăr i-a bătut în uşă.

Dimineaţa, stareţul îl aştepta.

- Ştiu ce vrei să faci, poftim haine şi o pungă cu bani. Ai destul pentru un an în ea. Dar e mai bine să-ţi prisosească decât să duci lipsă. Trage la un han şi fii cât de cât discret.

- Aşa o să fac, părinte. Mă voi întoarce curând, a spus Stefano luându-şi rămas bun şi ieşind apoi din mănăstire, singur pentru prima dată.

Pe tânăr l-a uimit gălăgia de pe stradă: căruţele cu zarzavat, strigătele viziitiilor care încercau să facă loc trăsurilor, larma pescarilor care îşi strigau marfa proaspătă. Alt aer, şi-a dat seama Stefano. În primul moment, totul l-a ameţit, însă, mai apoi, l-a captivat cu totul. S-a aşezat pe o bornă şi a contemplat cu aviditate totul, făcând o paralelă cu viaţa lui de la mănăstire.

Într-un târziu, şi-a adus aminte că bunul părinte i-a spus să se aciuieze la un han. A văzut unul mai departe şi a pornit spre el. Nu a avut niciun fel de probleme şi şi-a luat camera în primire, fără să atragă atenţia. A cerut să i se aducă mâncarea în cameră şi, curând, o servitoare îi bătu în uşă. El i-a mulţumit, iar ea a plecat uimită de frumuseţea străinului. De altfel, şi el se purta straniu, la viaţa lui văzuse puţine femei, iar astăzi văzuse prea multe şi de tot felul.

Mâncare era delicioasă, focul bun în cameră, aşa că imediat adormi de oboseala acelei zile, în care nu făcuse nimic decât să observe strada cu zgomotele ei nemaiauzite.

Dimineaţa, a preferat să ia masa jos în sală, unde hangiul, mulţumit de monedele primite, i-a adus micul dejun îndată.

- Ce vrea să facă tânărul domn astăzi? l-a întrebat omul din curiozitate.

- Vreau să mă plimb, să cunosc oraşul, să văd bisericile, nu am mai fost aici. Cimitirul e departe?

- Nu, o să-ţi arăt după ce mănânci. Vrei să ne cunoşti şi morţii? Nu doar pe cei care umblă prin oraş pe două picioare? a întrebat hangiul râzând.

- Nu ştiu, poate, dar am timp, i-a răspuns tânărul, nelăsându-se tras de limbă.

Toată ziua Stefano s-a plimbat, întrebând de reşedinţele celor trei familii care îl interesau. S-a oprit să le privească, recunoscându-le măreţia. S-a recules în catedrala oraşului şi a lăsat vizita la cimitir pe a doua zi. A înţeles el acum de ce ducii de Lanza l-au dat la o parte, când mama lui l-a născut, secretul păstrându-se atât de bine. Onoarea era mai presus decât orice. Dar nu trebuia să devină trist din cauza aceasta. Nu pentru acest lucru ieşise din mănăstire. Timpul era dus de mult.

A doua zi dimineaţă, însuşi hangiul i-a dat un băiat de la bucătărie să-l îndrume către cimitir. Acesta s-a ales cu o monedă şi s-a pus pe aşteptat în faţa porţii locului de veci. Stefano l-a rugat să rămână acolo, să nu intre cu el. Băiatul a fost foarte fericit, nu-i plăceau crucile şi morţii. I se ridica părul pe mâini de frică.

Tânărul l-a întrebat pe paznic de cavourile celor trei familii şi, punând o monedă în mâna acestuia, a pornit-o printre pietrele funerare, destul de dese. A mers la urmă la familia Pallavicino, rugându-l pe om să-l lase singur. Acesta s-a înclinat şi a plecat. Stefano s-a aplecat şi a citit marmura cu numele mamei sale: Bianca, contesă Pallavicino, născută în familia ducilor de Lanza. Pe marmură era sculptat un portret, pe care fiul îl mângâie îndelung cu degetele. Fusese cu adevărat frumoasă, şi-a spus el.

- Mamă, şopti el, şi pentru prima dată începu să plângă. Biata de tine şi bietul de mine. Cât aş vrea să-ţi sărut mâinile care nu au apucat să mă ţină în braţe, la pieptul tău. Am doar inelul şi scrisoarea ta. Te iubesc atât de mult, buna mea mamă. Nu am ştiut cine eşti, dar când închid ochii te simt în spirit. Eşti lângă mine. Liniştea să te acopere şi pacea să te înconjoare pe deplin. O să mai vin la tine. Te iubesc.

Stefano s-a ridicat şi a ieşit din cimitir cu lacrimi în suflet. A pornit cu băiatul către han, mai mult absent. Copilul s-a încredinţat şi mai mult că are o judecată bună de nu calcă niciodată în oraşul morţilor. Îşi ţinu totuşi gura, cu toate că tânărul nu l-ar fi auzit.

În ziua aceea nu mai ieşi din han. Citi încă o dată scrisoarea mamei sale şi mângâie inelul. O simţi pe Bianca lângă el şi se linişti curând. Avea de gând a doua zi să intre în palatul contelui Pallavicino. Spera să-l găsească acasă. Putea merge singur. Ştia acum totul în Napoli, cel puţin ce îl interesa.

Dimineaţă, îmbrăcat foarte curat, dar simplu, a străbătut oraşul pentru a ajunge la reşedinţa conţilor. Spre uimirea lui, contele l-a primit în biroul său, fără să-l întrebe prea multe. Aici, Stefano tresări. Deasupra şemineului era un portret imens, cel al mamei sale.

- Tinere, cine eşti şi ce doreşti de la mine? a întrebat contele.

Nu l-a auzit nimeni, Stefano privea portretul, se privea, mai bine zis, pe el însuşi. Contele a început să realizeze ce se întâmplă cu tânărul.

- E mama, domnule conte, aşa este?

- Cine eşti tu? a întrebat Ernesto încă o dată.

- Sunt Stefano, fiul ei, a zis acesta arătând către tablou. Ce frumoasă e şi ce tare seamănă cu mine. Ieri am fost la mormântul ei, am plâns cum nu am mai făcut-o niciodată. Dar poate credeţi că sunt un impostor...

- Nu, nu eşti, semeni perfect cu iubita mea Bianca. Cred că ştii multe... a continuat Pallavicino.

- Ştiu tot. O să vă arăt ceva, a zis Stefano, scoţând de la gât panglica cu inele. Le recunoaşteţi?

- Da, Bianca mi-a spus de ele, ca de altfel şi soacra mea. Ar trebui să ai şi o scrisoare.

- Da, am una, de dinaintea naşterii mele. Citiţi-o cu atenţie, atât am de la mama mea.

- E scrisul ei cu adevărat, păstreaz-o. Bianca aduce din mormânt trecutul aproape. Nu am avut niciodată nimic împotriva ta, mama ta a învăţat să mă iubească şi mi-a dăruit un fiu, dar presupun că, de unde vii, ţi s-au dat toate detaliile. Ai venit doar aici?

- Mâine sper să mă pot duce la tata, adică la marchiz. Înainte de a începe să fac vizite, am colindat oraşul, ştiu unde se află clădirea.

- Vino cu mine, Stefano. Vreau să cunoşti pe cineva, care plânge la fel ca tine după mama lui: fiul meu, Benedetto.

Cei doi au urcat o scară largă, cum Stefano nu mai văzuse în viața lui. Apoi contele a deschis o ușă și, deodată, cei doi băieți au ajuns față în față privindu-se.

- Mi-ar plăcea să fiți prieteni, Benedetto. Poate o să vă mai întâlniți.

- Sigur, tată, dar întâi prezintă-mi-l.

- E fiul mamei tale și cam atât. Păstrează secretul. Iubește-l, e fratele tău. Cred că mă bucur că a apărut în viața noastră.

- Va sta cu noi? a întrebat fericit Benedetto.

- Nu voi locui aici niciodată, dar poate că ne vom mai vedea, chiar dacă acum cred că este imposibil, i-a răspuns zâmbind Stefano. Cu bine, acum, nu cred că mai este ceva de spus, a continuat el. Poate doar că mi-ar plăcea să am un portret micuț al ei.

- Vino cu mine, a spus contele. Vino să-ți arăt camerele ei. Îți vei alege de acolo o miniatură cu ea. Sunt două.

- E un sanctuar, a zis Stefano pășind înăuntru. E foarte simplu și fermecător.

- Uite portretul, Stefano.

- Mulțumesc, domnule conte. Acum cred că trebuie să ne despărțim. Drumurile noastre poate se vor mai uni cândva... din întâmplare... nicidecum din dorința mea.

Contele și Stefano au coborât scara unde îi aștepta Benedetto.

- Cu bine, frate, a spus el și l-a îmbrățișat pe acesta până la lacrimi. Semeni leit cu mama. Prima dată când ai intrat în cameră am crezut că visez.

- Rămas bun și pace, a spus Stefano, ieșind în grabă, sărutând portretul acela micuț.

A coborât în golf, unde și-a găsit un loc solitar. S-a bucurat că a fost primit cu drag de către soțul mamei sale. Iar Benedetto era un tânăr atât de blajin! Semăna în mare parte cu tatăl lui, dar caracterul era așa cum își imagina el că l-ar fi avut mama sa. „Eu am caracterul lui Sanseverino. Sunt iute uneori. Păcat că nu o să-i mai revăd. Nu trebuie.”

Tot pe mal, strângându-se mai bine în haine din cauza frigului ultimei luni din anul de grație 1820, a hotărât să mai zăbovească în oraș și să mai amâne vizita la marchiz. Acesta avea doi copii și era văduv, după câte știa. Luă decizia să-l pândească când iese din casă, fără însă a-l deranja. De departe era cel mai bine.

După ce luă aceste decizii, plecă spre han, unde mâncă și dormi, fără a mai ieși o săptămână din el. Când s-a hotărât să o facă, l-a văzut de câteva ori pe Sanseverino, care nu mai arăta atât de înfiorător. Poate doar ochii și istețimea minții, care era evidentă, însă tânărul nu putea ști sigur.

După Anul Nou, Stefano s-a hotărât să-şi vadă tatăl. S-a îmbrăcat exact ca la vizita în care îşi cunoscuse fratele după mamă şi a plecat înspre palatul Sanseverino. Bătu în uşă şi i se deschise. Un lacheu în uniforma casei îl întrebă cine este şi ce doreşte. Stefano i-a vârât în palmă două monede, iar acesta a înţeles şi s-a înclinat.

- Vreau să vorbesc cu marchizul Sanseverino, dacă este acasă, a spus Stefano.

- Este acasă, în biroul lui, aşteptaţi să vă anunţ. De obicei nu primeşte, dar o să fac tot posibilul să nu fiţi refuzat, a zis lacheul zornăind monedele.

Omul plecă, iar Stefano rămase singur. Nu se auzea niciun zgomot în toată casa. Privi în jur şi îşi dădu seama ce eleganţă şi bun gust avusese doamna casei, de i se mai păstra încă amprenta, după atâta timp.

Lacheul se întoarse cu veşti bune:

- Domnul marchiz vă primeşte, urmaţi-mă, vă rog.

Stefano îl urmă pe lacheu printr-un coridor întunecat, pe pereţii căruia erau tablouri, rude moarte, cu siguranţă, care arătau hidos în întuneric. Tresări când se trezi în biroul marchizului în plină lumină. Se înclină şi tăcu privindu-şi tatăl. Acesta se uita şi el şi aştepta.

- Aţi dorit să mă vedeţi, tinere domn, a spus el într-un târziu.

- Da, nu am mai putut să-mi reţin curiozitatea, a spus Stefano sec.

- Îmi păreţi cunoscut, ne-am mai întâlnit? a întrebat marchizul, mijindu-şi ochii a concentrare.

- Cu siguranţă nu. Sunt fiul dumneavoastră şi al Biancăi Lanza. Poate că asta aţi observat la mine: ochii şi părul mamei, o sfântă.

- Ce spuneţi, domnule, cum vă permiteţi?

- Într-adevăr, sunteţi el, vă enervaţi repede. Mai am doi fraţi în această casă, aşa cum mai am unul în casa mamei mele. Aş fi vrut s-o cunosc, dar e moartă de ceva vreme.

- Domnule, ridică tonul Sanseverino.

- Nu am venit să mă recunoaşteţi sau să vă iau din avere. Staţi liniştit. Mărturisesc că am fost mult mai bine primit în casa contelui. O să vă arăt şi dumneavoastră ce i-am arătat şi dumnealui, cu toate că şi-a dat seama cine sunt din primul moment, fără să aduc dovezi. Şi, de altfel, sunt bogat. Nu am nevoie de nimic de la dumneavoastră.

Stefano i-a arătat marchizului panglica de la gât cu cele două inele şi i-a citit scrisoarea Biancăi, fără să i-o dea.

- Niciodată nu am minţit şi niciodată nu am umblat cu viclenii. Alţii au făcut-o. Nu cred că aveţi nevoie de vreo dovadă ca să înţelegeţi că eu sunt.

- Ai ochii ei, eşti al ei cu adevărat, iar inelul este al meu. Ai 18 ani, iar iadul mi te-a adus în casă. Blestemul m-a urmat ca o umbră. Chiar dacă timpul a trecut, vraja nu are vârstă. Acum ce doreşti? Eu nu te voi primi cu braţele deschise. Nu sunt Pallavicino.

- Nici nu am nevoie. Sunt doar glasul conştiinţei dumneavoastră. Nu voi mai veni, dar nu mă veţi uita. Am fost crescut la o mănăstire aici, mă voi călugări curând, însă pentru aceasta trebuie să fiu liniştit. Stareţul, la 18 ani, şi-a rupt jurământul în două şi mi s-a spovedit. Acum sunt în măsură să-mi duc viaţa în pace. Am chipul mamei mele, însă uneori în mine arde focul răului din dumneavoastră.

- Te rog să ieşi din casa mea, a spus marchizul sunând din clopoţel. Să nu mai vii niciodată aici.

- Fi-ţi fără teamă, niciodată nu mă veţi mai vedea.

- Vreau să-ţi mai spun că am urât-o pe mama ta din toată inima pentru o cauză a familiei mele. Cu timpul, revăzând-o veselă lângă soţul ei, am început s-o iubesc neştiut, frângându-mi mâinile şi muşcându-mi-le până la sânge. Pallavicino a reuşit s-o facă să trăiască, să iubească, să viseze. Nenorocitul.... Dar cred că ştii aceste lucruri.

- Da, ştiu tot, adio, domnule. Mă întorc la mine, acolo unde am crescut. Aici e plin de răutate şi simt că, dacă aş sta mai mult printre oameni, m-aş transforma în omul care aţi fost în tinereţe. Cu bine. Vă mulţumesc pentru timpul pe care l-aţi petrecut cu mine.

Stefano a ieşit urmat de lacheu, dar şi de marchiz, care se ascunsese sub scări.

- Urmăreşte-l şi vezi unde se duce, tună Sanseverino către sluga sa. Pleacă acum.

- Da, domnule, a zis omul, speriat de înfăţişarea stăpânului său.

Sanseverino nu s-a liniştit decât când sluga îi aduse vestea.

- A intrat la mănăstirea Sfintei Cecilia, stăpâne. I s-a deschis imediat, a bătut într-un fel anume.

- Bine, poţi să te retragi acum. Nu vreau să fiu deranjat.

Arturo a rămas singur şi s-a trântit în fotoliu tremurând.

- Totul se întoarce, totul se învârte în cerc, totul se plăteşte. Acest copil, care este al meu, a venit din iad să-mi tulbure bătrâneţea, mă va ucide, sunt sigur. Bianca mă aşteaptă, ea este un înger.

CAPITOLUL VIII

Stefano a intrat în mănăstire şi s-a dus imediat la stareţ. Acesta l-a primit bucuros, ca pe un fiu rătăcit, dar care s-a reîntors.

- Fiule, ce fericire, mi-a fost atât de dor de tine. Nicio rugăciune de-a mea nu ţi-a uitat numele. Poţi să-mi povesteşti, ce ai găsit în lume?

- Ce am găsit în lume m-a uimit. E atât de multă gălăgie! Mi-a plăcut la mama acasă. Soţul ei şi fratele meu, Benedetto, m-au primit foarte bine. Am primit în dar şi un portret de-al mamei. Ce doamnă frumoasă! La tata a fost urât. Mi-a spus că-l urăşte pe conte că a renăscut dragostea în mama şi că, odată cu ura faţă de soţul ei, s-a îndrăgostit de mama. Nu mi-am văzut fraţii... şi m-a dat afară. Cred că l-am speriat. Cel mai mult mi-a plăcut la mormântul mamei. Era linişte şi, parcă acolo, pe pământul ei, am simţit-o aproape de mine, chiar dacă, ştii bine, nu am văzut-o niciodată.

- Bietul de tine, nu eşti supărat, sper, a zis stareţul.

- Nu, doar că îmi este milă de marchiz, ce om decăzut. Vreau să intru în ordin aici, în mănăstire, m-am hotărât. Afară i-aş încurca pe toţi şi aş produce un mare scandal. Mi-ar părea rău pentru fiul contelui. A fost amabil. Păcat că nu i-am văzut şi pe ceilalţi doi. Dar hotărârea mea e luată. Aşa cred acum. Nu am cum să mai repar ceva. Marchizul îşi duce crucea şi, crede-mă, este grea. Mai cred că bea mult. Am văzut o măsuţă cu tot felul de sticle.

- Face întocmai ce îi place, nu e căsătorit, e liber, a zis oftând părintele Francisc. Bine, atunci, o să ne pregătim de ceremonie, dacă asta îţi e voia.

O zi călduţă de februarie a fost aleasă pentru intrarea în ordin. Puţin public, nimeni nu-l cunoştea pe cel care părăsea lumea pentru Christos. Doar din spatele unei coloane, doi ochi îl priveau cu atenţie pe Stefano. Ochii slugii lui Sanseverino. Avea de dus veşti la palat. Putea privi în linişte, nimeni nu-l băga în seamă, dar el prefera discreţia. Ochii tânărului erau ageri şi puteau să-l vadă. După ce a văzut tot, a ieşit, nu mai avea motive să stea acolo. A ajuns într-un suflet acasă, unde Arturo îl aştepta.

- Ai venit, Dominic?

- Am venit, stăpâne, a zis acesta.

- Închide uşa, copiii sunt sus.

- A depus jurământul, e călugăr acum. Nu mai trăieşte pentru lume.

- Mă bucur pentru această veste, onoarea mea este intactă. Copiii mei pot merge oriunde cu capul sus, a spus nobilul, dându-i slugii o monedă şi făcându-i semn să iasă.

Acesta s-a grăbit să iasă, bucuros de moneda primită.

- Bianca, ce destin puteam avea dacă nu-mi ţineam acel blestemat de jurământ? Copilul nostru era aici şi poate tu nu erai moartă. Nu am crezut niciodată că mă voi mustra singur.

Sanseverino şi-a pus un pahar mare cu tărie şi apoi încă unul şi încă unul. Devenise agitat şi, ridicând un deget, semn că-i venise o idee, s-a dus spre biroul lui de scris. Se apucă să scrie pagină după pagină, iar când termină îşi puse sigiliul şi scrise adresa contelui Pallavicino şi dedesubt cuvintele: „După moartea mea".

A început să râdă în hohote, turnându-şi alt pahar, dându-l repede pe gât. Ştia că nu va fi deranjat. Copiii lui aveau interdicţie să între în birou nechemaţi. Sparse câteva pahare de şemineu, împroşcând bucăţi de cristal peste tot, iar apoi începu să se plimbe, călcând în sticle. Ameţit, s-a aşezat într-un fotoliu, privind cu ochii săi diabolici focul. Adormi acolo. Dimineaţă, ameţit şi cu hainele în dezordine, cu capul în mâini, a urcat scara spre camera lui, fără să o bage în seamă pe fiica lui, care se lipise de perete de spaimă şi nici pe fiul lui, care-l privea mustrător, cu adevărat dezgustat.

A ajuns în camera lui, a trântit uşa după el şi apoi pe el însuşi pe pat. Adormi din nou cu numele ispitei pe buze: Bianca.

Copiii, Matteo şi Maria, au coborât pentru prima dată nestingheriţi şi au intrat în biroul marchizului. Dominic deja începuse să facă curat, geamurile erau deschise, aerul începând să se împrospăteze. Mirosea tare a băutură vărsată.

Matteo s-a dus către birou şi a tras de sertare. Încuiate.

- Dominic, a rostit el, ce secrete are tata? Ce se petrece?

- Nici eu nu ştiu prea bine, tinere stăpân.

- Bea din ce în ce mai mult. Trebuie să existe o cauză. La început nu întrecea măsura, dar în ultimul timp este evident că e prea mult.

- Nu pot să vă contrazic, a răspuns lacheul. A avut zile şi mai bune.

- Maria, să ieşim. Aceasta este o cameră care arată decăderea tatălui nostru.

Cei doi au ieşit, lăsându-l pe Dominic să cureţe mizeria tatălui lor.

Sanseverino s-a trezit plângând şi de abia a mâncat ceva. În câteva luni a devenit un alcoolic obişnuit. Era fericit, trist, plângăcios şi cu burta plină de multă băutură, care-i ardea măruntaiele şi care nu era niciodată de ajuns.

S-a făcut vară, când Matteo a chemat pentru prima dată doctorul, care-l cunoştea pe marchiz şi care-i adusese şi pe ei pe lume. Acesta a avut un şoc. Nobilul slăbise îngrozitor, arătând deşirat pentru înălţimea lui. Ochii, doar ochii îi scânteiau la fel, plini de răutate. Medicul a început să vină mai des, din ce în ce mai îngrijorat. Şi-a permis să-i spună lui Dominic adevărul pe care-l gândea: marchizul se stingea încet, încet, de la băutură.

- Stăpânul meu, domnule doctor, are un secret de moarte în inima lui. Acesta îl macină şi îl va băga în mormânt. O greşeală din tinereţe, de fapt, după capul meu, două, însă cine sunt eu să-l judec? Poate o să se afle, poate nu. Dar nu de la mine, nicidecum.

- Înţeleg şi îţi admir credinţa, i-a răspuns doctorul. Fiecare avem păcate.

- Dar nu ca el, domnule, i-a răspuns Dominic, arătând către pat. Îi daţi medicamente pentru durere? Se plânge de dureri la stomac.

- E ars pe dinăuntru, stăpânul tău. Dar are cine să-i ducă numele mai departe. Tânărul pare cumsecade, iar sora lui e gingaşă ca o lalea primăvara. Sper că nu sunt ruinaţi.

- Nu, nicidecum. Alta este problema. În inimă. Dar este treabă făcută cu propria mână. Nimeni nu e vinovat. Dar stăpânul nu e mort încă. Nu putem vorbi decât de prezent, a continuat Dominic.

Peste câteva săptămâni, cei doi copii se aşteptau la evenimentul acela sumbru pe care nu-l doreau atât de curând. Sanseverino nu se mai ridica deloc din pat, iar în una dintre seri, le-a vorbit copiilor cu glas sfârşit:

- Dragii mei, ce se întâmplă e doar vina mea. E un blestem pentru care sper să plătesc doar eu. Scoase de la piept o cheie pe care i-o dădu lui Matteo. După ce voi muri, să-mi deschideţi biroul. Acolo veţi găsi nişte scrisori. Veţi înţelege. Una dintre ele este pentru contele Pallavicino. Doresc să-i fie înmânată. Cât priveşte averea, aveţi amândoi destul, am aranjat lucrurile. Avocatul meu vă va fi tutore până când veţi împlini vârsta, sau până când tu, Maria, te vei căsători. Vreau să mă iertaţi când îmi veţi citi viaţa. Să nu-mi purtaţi pică. Sufăr destul.

- Îţi promitem, tată, dar linişteşte-te. Poate că nu e totul pierdut.

- Fiica mea bună, un om simte când moartea se apropie. Pe mine mă mai lasă, mai trebuie să-mi duc crucea. Alţii ar fi murit de mult. Veţi rămâne aici, iar avocatul vă va vizita des. Să vă încredeţi în el.

Sanseverino a murit o săptămână mai târziu, zvârcolindu-se de durerea atroce de stomac. Totul îl ardea şi ore în şir striga doctorul să-i mai

47

dea laudanum. Acesta îi dădea câte puţin, iar pacientul se liniştea pentru câteva momente. A murit cerând medicamentul, în braţele fiului şi ale doctorului. Avocatul, de acum tutore al copiilor, domnul conte St. Paulo, a ţinut-o cu greu pe Maria, care tremura şi dorea să se arunce peste tatăl ei.

- A scăpat de dureri, a spus medicul lăsând trupul marchizului să cadă moale, lipsit acum de spasme, pe pernele patului. Domnul să-l ţină lângă el, a mai spus el retrăgându-se. Era sfârşitul lui august, iar marchizul avea 56 de ani.

Câteva zile mai târziu, Stefano, acum călugăr, se afla în domul din Napoli şi privea liniştit la sicriul cu moaştele Sfântului Ianuarius. Nu se ruga, nu avea har, îndeplinea mecanic toate sarcinile. În mănăstire era tratat la fel, în afara hainelor şi a jurământului, nimic nu se schimbase. În biserică era linişte, iar tânărul auzi foarte bine un vuiet care venea către el din ce în ce mai tare. A ieşit pe scări şi s-a aşezat liniştit să privească.

- O înmormântare, a spus el şoptit, doar pentru sine. A văzut trăsuri cu blazoane, mulţime neştiută de cei îndreptăţiţi la intimitate. Dar e tata, a zis el uimit.

Stefano nici nu se mişcă, îşi văzu pentru prima dată fraţii şi le văzu durerea. Privi în continuare cu ochii lui albaştri, fără să facă un pas de pe scări. Observă că mai stăteau oameni lângă el. Îi compătimeau pe cei rămaşi, foarte tineri, foarte bogaţi, aceasta din urmă ca o consolare.

„Hm, dacă tata ar fi făcut ceva, eu nu eram acum călugăr, blestemat să fii."

Plictisit de atâta durere, pentru cineva care nu o merita, fugi la mănăstire. Ajungând în camera lui, începu să râdă.

- Tata a murit, tata a murit, păcat că se duce în acelaşi cimitir cu mama, al oamenilor bogaţi, a zis el.

Râsul lui se auzea prin fereastra deschisă, aşa că stareţul s-a dus în camera tânărului.

- Cred că nu trebuia să te las să depui jurământul. Am greşit faţă de tine de multe ori, dar acest lucru e cel care mă bântuie mai tare.

- Poate că ai dreptate, părinte, voi găsi o cale să plec de aici. Când l-am văzut pe tata în coşciug, cu fraţii mei alături, mi-am dat seama că viaţa mea e distrusă. Părinţii mei sunt morţi, onoarea lor e albă ca neaua. Nu sunt făcut să fiu călugăr. Cred că pot să-mi văd de drum acum. Trebuia să fiu şi eu în una dintre aceste familii. Contele m-a primit atât de bine, iar portretul mamei este mai sfânt ca fecioara Maria. Pentru că aşa a fost şi ea.

- Fiule, a zis stareţul aşezându-se, acum nu poţi, eşti legat de această mănăstire.

- O să mă dezleg, o să dispar, iar voi o să spuneţi că m-am înecat pe undeva. Cine se interesează acum de un călugăr umil? Nimeni. Voi duce blestemul cu mine, greu pe umerii mei în locul unde mă voi adăposti, sau ascunde, dacă îţi place mai mult cum sună.

- Cât sunt de bătrân, Stefano, nu mai am nicio putere asupra destinului tău. O să te las să faci ce doreşti. Nu mă voi împotrivi şi nici nu voi raporta mai departe. Eşti fiul dăruit mie şi te iubesc cum nimeni nu-şi poate închipui.

- Iartă-mă, părinte, a zis Stefano liniştit, înţelege-mă!

- Te iert şi te înţeleg, mergi pe calea vieţii tale. Nu am cum să şterg ce îţi este scris în frunte. Caută, pleacă, fă ce vrei şi când vrei, dar fii discret ca întotdeauna.

- O să mai auzi de mine cu siguranţă şi nici nu plec acum. Trebuie să găsesc locul: LOCUL MEU.

În timpul acestor nelinişti, contele Pallavicino citea scrisoarea marchizului, înveninată şi neagră ca ochii lui. Îi povestea de fiul lui cu Bianca, de răzbunarea lui, de toate acestea. Ernesto a aruncat în foc paginile. Sanseverino nu avea dreptul să ridice mâinile din mormânt şi să râdă meschin. Bianca l-a iubit cu adevărat. O simţise, iar când murise, o făcuse spunându-i cât îl iubeşte şi cerându-i iertare.

- Blestematule şi bietule fiu rătăcit, Stefano! Călugăr nefericit, te-ai sacrificat pentru onoarea cui?

Stefano nu avea gândurile astea, se plimba liber acum prin Napoli. Nu-l cunoştea nimeni. Călugării îi respectau toanele, văzându-şi stareţul din ce în ce mai trist. Uneori, tânărul venea noaptea şi se închidea în camera lui, alteori nu-l vedeau cu zilele, toţi întrebându-se cum trăieşte. Dar cel în cauză nu avea grija aceasta. Se adăpostea în faţa palatelor familiilor sale şi privea cum se aprind şi se sting lumânările. Îşi închipuia ce pot rudele lui să facă. Era atât de multă linişte! De multe ori se ducea în cimitir. Acolo se ascundea de paznic spre a-şi petrece noaptea cu părinţii săi. Ieşea din ascunziş când paznicul trăgea zăvorul la uşă, semn că nu mai descuia pe ziua ce trecea atât de repede. Se muta fără să fie simţit de la un părinte la altul şi le privea pietrele reci. Atât de nou era totul la marchiz şi atât de patinat la mama lui. Bianca, încă singură, iar tatăl său alături de soţia lui. De foame nu pătimea, erau doi meri frumoşi în spate, după morminte, iar apă avea în voie de la o fântână. Nu-şi dădea seama că începuse să slăbească. Doar stareţul s-a cutremurat imperceptibil şi doar pentru el. La ultima venire, Stefano a rămas mai mult în camera lui, nemaiplecând săptămâni bune. Era deja octombrie şi vremea destul de bună.

- În curând o să fie ziua mea, bunule părinte. Nu am făcut nimic demn de vreo laudă până acum.

- Nu vorbi aşa, fiule. Te-ai sacrificat pentru familia ta.

- Eu nu cred că am făcut vreun sacrificiu. Poate mama a făcut, şi-a rupt inima în două la naşterea mea. Nu m-a putut uita niciodată, o simt. Dar a avut noroc cu soţul său. Este un om bun, dar nefericit acum. Am trei fraţi frumoşi, crescuţi să aibă şi să merite totul. Sunt foarte bogaţi. Nu că eu nu aş fi bogat, însă nu am fost învăţat să folosesc banii, chiar dacă m-am descurcat în afara mănăstirii. O să-mi caut locul meu curând şi o să plec definitiv. Simt că inima mea îmi dictează acest lucru. Nu pot fi oprit.

- Oh, Stefano, oare ce o să fac eu fără tine? M-am obişnuit să te am în preajmă. Dar nu o să mă împotrivesc, fie precum doreşte inima ta. Ai găsit ce cauţi?

- Încă nu, părinte, dar sunt pe aproape.

Frigul nu se lăsase încă în Napoli, aşa că Stefano se putea plimba nestingherit. Într-una din zile, coborî până la ţărmul larg al golfului, şi se aşeză să se uite la pescari, lângă o tufă încă verde. Şi-a scos de la gât panglica şi a început să se joace cu inelele părinţilor săi. Amândoi erau uniţi la gâtul lui. Împăcaţi cumva. Deodată, s-a ridicat uimit.

- Mulţumesc, mamă, mulţumesc, tată, iar ochii lui priveau aproape de mal. Văzuse două stânci, legate printr-o pasarelă de piatră. Le-a studiat de la distanţă, păreau pustii. Aici e bine. Aici e LOCUL.

În următoarele zile şi-a petrecut mult timp pe ţărm, dorea să fie sigur că nimeni nu stă pe stâncă şi nimeni nu o vizitează. Pasarela nu era trecută de niciun om şi asta l-a încurajat să spere că acel loc îi va aparţine în curând. S-a întors la mănăstire fericit, dorea să vorbească cu stareţul.

CAPITOLUL IX

Stefano a intrat în lăcaşul Sfintei Cecilia vesel ca o vrabie căreia îi miroase a primăvară. A dat bineţe tuturor şi a intrat fericit la el în cameră. S-a aşezat pe pat şi s-a gândit la întâmplarea cea fericită. „Am fost de atâtea ori în golf, dar niciodată nu am acordat atenţie insulei. Sunt două stânci unite, cum sunt inelele părinţilor mei pe panglica de la gâtul meu, unite de păcatul lor, adică de mine. Şi, totuşi, eu ce vină am în toată această poveste? M-am născut, asta e, am dorit să cobor din locul călduţ de pe steaua mea şi uite unde am ajuns!"

S-a auzit un ciocănit. Stareţul, temător, a intrat şi i-a spus fiului său spiritual:

- Eşti vesel azi, fraţii mi-au vorbit despre atitudinea ta, înseamnă că ai găsit ce cauţi, am dreptate?

- Da, ai dreptate, bunule părinte. Am găsit locul, insula din golf, Goiola parcă se cheamă. Sunt nerăbdător să aflu lucruri despre ea în bibliotecă. Voi găsi cu siguranţă multe date despre viitorul meu loc de meditaţie. A fost o tresărire în mine când am realizat în ce pot să transform acele două bucăţi uriaşe de piatră.

- Goiola? a întrebat uimit stareţul. Acolo este un loc al diavolului. Acum câţiva ani s-a demolat o casă de lângă apă unde se adunau vrăjitoarele şi îşi cântau blestemele. Acolo nu este bine. Ai ales prost.

- Poate că da, poate că nu, însă ceva mă îndreaptă către acele locuri. Mă împinge ceva mai puternic decât mintea mea. Până azi nici nu am băgat în seamă locul, iar azi, privind apa şi jucându-mă cu inelele, l-am văzut pentru prima dată.

- Inelele acelea... mereu le porţi aproape de inima ta. Ar trebui să nu o mai faci. Să le lepezi de lângă pieptul tău... Eu nu mă voi împotrivi mai mult decât prin ce am zis. Fă exact ce vrei. Fii unealta propriei tale voinţe. Dacă îţi doreşti asta, fă-o, dar mai zăboveşte puţin. Citeşte despre Goiola şi pregăteşte-te să trăieşti izolat. Nu o vei putea face dintr-o dată.

- Mulţumesc, părinte al meu, întotdeauna mi-ai dat sfaturi bune. M-ai lăsat liber şi astfel am stat fericit lângă tine, neconstrâns. Nu mi-ai pus niciodată lanţuri, îţi sunt recunoscător. Nici nu ştii cât. Despărţirea mea de tine şi de mănăstire nu va fi acum şi sunt mulţumit că plec cu inima împăcată. Vei păstra secretul în inima ta şi, chiar dacă nu ne mai vedem, îmi vei fi alături cu certitudine.

Cei doi s-au îmbrăţişat şi au rămas un moment aşa, un cap alb şi un cap negru, un bătrân şi un tânăr, uniţi printr-o iubire tainică, doar de ei ştiută. Iubirea dată de un blestem care nu-şi avea încă efectele.

Stefano a găsit multe poveşti despre Goiola în manuscrisele pline de praf ale mănăstirii. Într-adevăr, acolo a fost o casă a vrăjitoarelor, pe care apa mării o lovea cu putere, dar până autorităţile nu au dărâmat-o, natura nu i-a stat împotrivă. Aflase că insula fusese unită cu multe sute de ani în urmă cu ţărmul, dar un cutremur a rupt legătura dintre Goiola şi Napoli, pământul cel sigur. Şi asta încă de pe vremea Imperiului roman. Tot în timpurile acelea străvechi, insula aparţinea cultului zeiţei Venus, înscrisul spunând ceva de un templu închinat acesteia. „Normal, a gândit Stefano, se plimbau pe calea dintre Napoli şi Goiola toţi cei care doreau să se închine zeiţei. Atunci erau prea puţini creştini, iar aceştia erau de obicei chinuiţi, dacă nu sacrificaţi sau obligaţi să se întoarcă la zeii romani. Îmi place locul, e încărcat cu multă spiritualitate... şi nimeni nu a construit acolo vreo locuinţă, o să-mi fac una exact cum îmi doreşte inima."

După ce se documentă, tânărul îi împărtăşi stareţului tot ce aflase, iar acesta îi zâmbi, nearătându-se mirat. Citise şi el în tinereţile sale scrierile din bibliotecă. Căzuse şi el pradă multor ispite demne doar de anii tinereţii. Dar se oprise doar la meditaţie, fusese laş? Nu a pus niciodată piciorul pe stânci sau în apa lor blestemată de poţiunile diavoleşti ale vrăjitoarelor.

Mai apoi, tânărul şi-a găsit şi alte preocupări. Şi-a făurit din câteva scânduri două cutii, nici mari, nici mici. În fiecare a pus câte un inel de pe panglica lui. Întâi le-a sărutat, apoi a pus în fiecare cutie câte un bilet, alături de fiecare bijuterie. A scris două bilete identice în care îşi arată identitatea, cine îi este mamă şi cine îi este tată şi în care îşi depune blestemul scris în tuş. Care va atinge cele două cutii va muri ca de fulger. După ce a închis cutiile, a fost mulţumit. Mai are doar un singur lucru de făcut: să le îngroape pe fiecare în mormintele părinţilor săi. Aici lucrul era mai greu de înfăptuit, dar nu imposibil, nu pentru acest tânăr atât de hotărât.

Aşa că lepădă hainele de călugăr şi îmbracă un rând de haine simple cu care mai fusese în oraş cu luni în urmă. Ascunse cutiile sub haine şi plecă, fără să uite să-şi pună o pălărie care să-i acopere bine fruntea şi ochii.

Nu a întâmpinat nici un fel de obstacol în a intra în cimitir. Era destul de multă lume în jur. A trecut neobservat, însă el trebuia să aştepte să fie singur. Nu putea să scormonească pământul de pe morminte în faţa unor spectatori cu gurile căscate, care ar chema paza imediat.

Pe înserat şi cu mare greutate, pentru că paznicul era afară din căsuţa lui cu treabă, Stefano îngropă fiecare dintre cele două cutii în mormintele părinţilor. Când termină, îşi dădu seama că paznicul îl privea uimit, dar în tăcere. Fu nevoit să plece precipitat, scurtând dorinţa de a-şi lua rămas bun de la părinţii săi.

Într-adevăr, paznicul a văzut toate manevrele tânărului, iar după ce l-a văzut ieşit din cimitir, s-a dus glonţ la ultimul mormânt la care l-a zărit pe tânăr. Nicola Croce cunoştea fiecare loc pe care-l îngrijea în orăşelul morţilor. Astfel că descoperi şi luă ambele cutii de la cele două morminte.

- Contesa Pallavicino şi marchizul Sanseverino, a zis el pentru sine. Ce poate fi în cele două cutii.

Puţin neliniştit, Croce deschise prima cutie, cea din mormântul Biancăi, şi cu inelul în mână citi încremenind de teamă. Deschise ca pe o salvare şi cealaltă cutie, acelaşi mesaj. Stefano scria cine era şi blestema pe cel care punea mâna pe cutii şi mai ales pe conţinutul acestora.

Nicola Croce îşi simţi inima bătându-i în gât, sugrumându-l, simţi blestemul înconjurându-l din toate părţile, ca un cerc care strânge, strânge până trosneşte. A pus cutiile la loc, cu mare grijă, astupând cu migală cele două gropi. S-a liniştit puţin când a văzut că nici nu se cunoaşte, dar asta nu mulţumeşte blestemul. În mintea lui îşi aduse aminte că îl mai văzuse pe băiat, dar nu ştia unde.

Se ridică să plece către casă, dar după câţiva paşi căzu în genunchi privind cerul, cerându-şi iertare de la o forţă nevăzută. „Acesta este sfârşitul meu, curiozitatea m-a omorât, iar acel tânăr e copilul lor nefericit. Ce am făcut? Cu ce drept l-am urmărit pe acel nobil?

Cu mare greu, s-a ridicat şi a ajuns aproape de căsuţa în faţa căreia nevasta lui curăţa fructe pentru tarta de a doua zi.

- Mor, femeie, şi duc cu mine un blestem. Nu trebuia să fac un lucru pe care totuşi l-am făcut. Am plecat curat şi sănătos de lângă tine acum jumătate de ceas, iar acum sunt ros de blestem.

Soţia lui a lăsat fructele şi a venit către el. A strigat după Paulo, fiul lor. L-au dus pe paznic în patul său. O febră i-a cuprins tot corpul, iar capul îi fierbea. Nicola striga la fiul său să nu se apropie de cele două morminte. Să nu scurme pământul să pună flori.

Croce a murit cu mintea îmbibată de halucinaţii. Cei doi, mamă şi fiu, au rămas profund speriaţi şi nedumeriţi.

Când Paulo l-a înlocuit pe tatăl său în munca de paznic, a ocolit cu grijă cele două morminte. Nu era deloc curios, iar dacă trebuia să-şi facă de lucru la cele două locuri de veci, îşi făcea cruce şi spunea rugăciune după rugăciune.

Mama lui nu mergea niciodată la marchiz sau la contesă. Ocolea cât putea zona când se îndrepta spre locul în care soțul său își dormea pentru totdeauna somnul, pe care ea nu-l înțelegea și-l credea nefiresc, venit de la o durere rea pe care Nicola o stârnise.

Încet s-au liniștit cu adevărat. Bătrânul luase cu el în mormânt blestemul. Nu se mai întâmplă nimic demn de luat în seamă. Așa că familia a continuat să trăiască lângă gardul cimitirului, în orășelul celor duși, readucându-și aminte că morții nu ne fac niciun rău, ci doar oamenii vii plini de răutate și ură nemărginită.

Stefano nu a mai călcat niciodată acolo, s-a dus în fugă la mănăstire, unde a aruncat hainele de laic și le-a îmbrăcat pe cele monahale. S-a calmat, cu toate că în minte i-au rămas privirile ascunse ale paznicului cimitirului: „dacă are de gând să deschidă cutiile, va vedea el și îi va părea tare rău."

CAPITOLUL X

În loc de continuare...

Stareţul îi urmărise intrarea în mănăstire, neliniştea şi graba de a ajunge în camera lui. L-a găsit pe Stefano îmbrăcat în hainele de călugăr, privind pe fereastră. Nu l-a întrebat nimic, s-a aşezat doar lângă el, ştia că dacă tânărul va dori să vorbească va vorbi, aşa că aştepta răbdător.

- Cred că paznicul a văzut tot ce am făcut, m-a pândit. Erau puţini vizitatori la morminte, însă am spus ceva rău, pentru că era atent la mine. L-am blestemat. Nu trebuia să mă privească. Sper că nu i se va întâmpla nimic rău. În fiecare cutie am pus câteva cuvinte pentru cei care le deschid fără drept. Şi am crezut în ceea ce am scris acolo. Am spus cine sunt şi am pus inelele, fiecare în cutia mortului de dedesubt.

- Oh, Stefano, gândurile tale întunecate te vor nimici, pe tine şi sufletul tău.

- Nu vreau, părinte, să apar în lume, nu mă pot răzgândi, nu pot distruge viaţa aşezată a celor trei fraţi ai mei. În fond, sunt un bastard, născut din ură şi răzbunare, nimic bun nu poate ieşi din aceste lucruri. Am în sânge o patimă neagră, însă nu le pot face rău rudelor mele de sânge. Măcar dacă eram un bastard născut din dragoste, poate atunci totul s-ar fi schimbat cu adevărat. Dar nu sunt. Nu le sunt foarte cunoscut fraţilor mei, de fapt, doar fiul contelui Pallavicino mă ştie. Şi, apoi, cum aş putea distruge această urzeală mincinoasă a părinţilor mei, această rânduială care să lase onoarea nepătată? Cum au putut, cei ce au ştiut, să mă arunce departe de dragostea mamei mele? Simt că ea s-a chinuit până la moarte în tăcere. A zâmbit lumii de faţadă şi a plâns în genunchi la icoane. Tatăl ei, ducele, m-a omorât furându-mi viaţa. Să ardă în focul iadului pentru ce a făcut. Iar tata la fel. Trebuia să se căsătorească cu mama, oricum o dezonorase, se răzbunase destul. Însă nu, el a vrut totul. Şi a trăit având totul: soţie, copii, avere şi rude cu care să socializeze de complezenţă. Dar, bunul meu părinte, crede-mă, totul va ieşi la iveală, adevărul va răsări din cele două morminte, mai devreme sau mai târziu. Cutiile acelea nu vor putrezi până ce nu vor fi descoperite.

- Încă mai vrei să pleci? a schimbat stareţul subiectul.

- Da, dar trebuie să mai aştept ceva vreme. De ce mă întrebi?

- M-am gândit să spun tuturor că pleci într-o misiune la Roma, când tu, de fapt, începi lucrul destinului tău. Cineva trebuie să plece acolo şi, apoi, drumul e lung şi poţi fi dat dispărut. Nimeni nu va şti unde eşti şi cât de aproape eşti de mănăstire.

- Ca mama, care a trăit toată viaţa la Napoli, lângă mine şi totuşi nu a ştiut niciodată cât sunt de aproape de inima ei. Nu ne-am văzut niciodată şi îmi pare atât de rău. Puteai să mi-o arăţi măcar o dată.

- Şi atunci ce ai fi făcut? Totul ar fi fost transformat în praf de puşcă, cu tine drept scânteie, i-a răspuns vădit amărât stareţul. Crezi că eu am avut-o la prânz în fiecare zi, la masa mea? Te înşeli dacă tu crezi că eu am văzut-o mai des ca tine, dar da, am văzut-o la 20 de ani. Aproape de vârsta ta, fiule. Eşti frumos cum era ea, dar inima îţi este a tatălui tău, în mare parte.

- Iartă-mă, părinte.

- Nu am ce să-ţi iert, nu e vina ta, ci a sorţii, Dumnezeu a ales pentru tine un alt rol. Vino în braţele mele, copil nefericit.

Cei doi s-au îmbrăţişat şi s-au liniştit. Părintele s-a desprins primul şi l-a rugat pe Stefano să se gândească la ideea cu Roma. Peste o lună putea să i se împlinească dorinţa de a dispărea.

Imediat ce s-a trezit, Stefano a acceptat propunerea bătrânului. Acesta s-a arătat mulţumit, spunând la masă, tuturor celor prezenţi şi pentru a nu exista dubii, ceea ce avea de făcut Stefano peste o lună.

Pe stareţ îl durea sufletul ştiind că mai are sub ochii lui doar o singură lună chipul copilului iubit, dar ca orice părinte, a acceptat cu resemnare totul în faţa dorinţelor copilului. Îl chinuia dorinţa lui Stefano de a se surghiuni atât de aproape, când totuşi era atât de imposibil de ajuns în insula Goiola. Această insulă plină de ritualuri şi blesteme, rămase din vremuri trecute, această insulă păgână într-o mare catolică.

În acea lună, pe care şi-a consacrat-o aşa ziselor pregătiri, Stefano primi întreaga avere pe care stareţul o avea pentru el de la ducele de Lanza. A început, aşadar, să-şi caute lucruri simple, de necesitate imediată, apoi seminţe, spera să găsească puţin pământ, şi multe asemenea de trebuinţă unui om care hotărăşte să se descurce singur în lume, uitat de toţi. I-au rămas mulţi bani în pungă, ai lui.

La momentul potrivit, la lumina astrului nopţii, Stefano şi-a luat rămas bun de la stareţ:

- Cu bine. Mi-ai fost şi tată şi mamă, ai avut grijă de mine cum nimeni nu a făcut-o. O să-mi fie dor de mănăstire, de fraţi, de mesele pe care le-am luat împreună. Toate s-au dus cum se duc stelele din calea dimineţilor însorite.

- Dragul meu fiu, a zis părintele Francisc printre lacrimi, pleci pe un drum greşit. Şi ce putere are răul din tine! Răul dat ţie de marchizul Sanseverino. Dar nu ai nicio vină. Nu pot să-mi scot din minte moartea

56

acelui paznic... imediat după ce ai plecat din cimitir. Cred că a fost curios, iar acest păcat l-a ucis în plină sănătate. Şi nici moartea tatălui tău nu o pot uita, nu-i lipsea nimic pe lumea aceasta şi a murit în chinuri.

- Tata nu m-a ascultat şi m-a dat pe uşă afară, iar paznicul trebuia să-şi vadă de ale sale. Cred că fiul său nu se atinge de morminte decât cu o mare teamă. Dacă nu scormoneşte, nu i se va întâmpla nimic. Se poate să fie blestemul, o vrajă, dar se poate foarte bine să fie doar întâmplarea, fiica sorţii fiecăruia. Mă simt fericit, o să mă descurc departe de lume. Nu este niciodată prea frig şi o să găsesc un loc să mi-l fac culcuş. Am luat în desagii mei exact ce mi-am dorit. Portretul mamei e lângă inima mea şi punga cu bani a bunicului meu e în buzunar. Îmi place stema familiei cusută cu aur pe catifea violetă. Arată putere şi neatârnare. Dar cred că e timpul să plec acum. Încă o dată, rămâi cu bine şi să nu te amărăşti. Soarta mea nu-ţi mai aparţine demult, părinte.

- Adio, dragul meu, a spus stareţul, sărutând copilul pe care-l considera al lui.

S-au strâns în braţe, iar Stefano a ieşit în bezna curţii şi apoi imediat a străzii. Mănăstirea a fost casa lui, tot ce a putut el numi siguranţă.

În urma lui, stareţul, un bătrân împovărat de ani, plângea ca un copil. Uitase de tot şi de toate. Nevăzut, îşi arăta deschis dragostea pentru Stefano. Lacrimi curgeau râuri pe faţa lui, udându-i rasa cea neagră. Nu şi le ştergea, era de neconsolat. Puiul lui îşi luase zborul într-o lume ciudată şi rea. Zidurile mănăstirii nu-l vor mai apăra niciodată. Simţea că şi Stefano îl iubise la fel, dintre toţi doar pe el.

S-a liniştit într-un târziu şi a stins lumânarea din camera fiului său adoptiv. A plecat încetişor, cu o greutate imensă în coşul pieptului. Acel gol nu putea fi umplut de nimic, iar bătrânul Francisc era conştient de acest lucru. El, care cunoscuse lumea prin ochii lui Stefano, avea acum să rămână doar pentru a-şi trăi viaţa zi după zi şi noapte după noapte. Aceste gânduri nu-l măcinau şi pe Stefano. Mintea lui era tânără şi plină de dorinţa de a explora viitorul pe care singur şi-l hotărâse.

Îndepărtându-se, nu avea decât puţine lucruri cu el. Mergea în umbră, spre a rămâne nevăzut. Lume nu era pe străzi, doar prin faţa tavernelor, pe care le ocolea cu grijă. Astfel, ajuns pe ţărm, Stefano s-a aşezat pe o stâncă, ascultând marea. E linişte, niciun om nu umblă pe ţărm. Nu-şi face de lucru cu conştiinţa lui, e împăcată, priveşte doar în faţă, în viitor. Tresare doar când vede rămăşiţele acelei clădiri blestemate unde se adunau vrăjitoarele în trecut. S-a ridicat plin de curiozitate şi s-a apropiat de locul acela plin de linişte. E o ruină în care doar apa bolboroseşte şi vorbeşte, nimeni nu mai cântă imnuri diavolului. Vrăjitoarele au fugit de mult, cine ştie pe unde.

Tânărul se trezeşte ca dintr-o vrajă şi înaintează în apă, spre stânci. Apa nu e adâncă, Goiola e aproape de malul apei. Este Goiola lui, pe care o ia în proprietate cu primul pas pus pe ea. Urcă uşor, simţind cum devine stăpân al locului. Se scutură de apă şi înaintează încet pe stânca din dreapta. Observă pasarela către cealaltă stâncă, dându-şi seama că nu are niciun rost să se ducă acolo. E linişte, aşa cum îşi doreşte.

E pace şi în inima lui, aşa cum niciodată nu mai fusese până atunci. Priveşte oraşul de pe stânca lui, îi vede luminile aprinse pe alocuri şi zâmbeşte pentru el.

- Adio, nu voi mai coborî de aici niciodată. Pacea am găsit-o, să căutăm odihna.

CAPITOLUL XI

Stefano a încercat pe cât s-a putut să cerceteze stânca pe care se urcase. Spera la un adăpost aici, găsit din noroc, şi nu la o nouă căutare pe stânca cealaltă. A început să se plimbe încet şi să cerceteze tot locul. Aşa a descoperit către mare o mică peşteră unde putea să-şi încropească un loc de odihnă. Şi-a desfăcut desaga, în care îşi vârâse pledurile şi descoperi că aerul puternic îi făcuse foame. După ce se gospodări puţin şi aprinse o lumânare, scoase mâncarea şi îşi potoli foamea, ca un prinţ în faţa veselei de aur. Era fericit şi liniştit şi parcă împăcat cu toată lumea. Valurile, curând, îl ademeniră spre somn şi adormi învelit cu un pled. Adierea vântului nu ajungea la el, îşi agăţase ca draperie o altă învelitoare pe care şi-o luase, iar pe cea de-a treia o pusese sub el.

Firesc, dimineaţă, toate oasele îl dureau, dar zâmbi şi trecu pe lumină la aranjarea locului. Găsi ierburi uscate, frunze de pe ţărm aruncate de vânturi, aşa că patul lui avea să fie mai moale în noaptea ce avea să vină.

A sărutat chipul mamei, căreia i-a dăruit un loc într-o mică scobitură din grotă, apoi a mâncat puţin şi a pornit în recunoaştere plin de curiozitate.

Observă bărci pe apă, dar oamenii din ele nu-l văzură , apoi se întoarse şi găsi o porţiune de pământ pe care o studie, făcându-l mulţumit. Vânturile au făcut un lucru bun când au stârnit praful, încet, încet au transformat stânca, acoperind-o cu pământ destul de dens şi de mult. S-a hotărât să-şi pună seminţele în sol cât de curând.

A căutat un loc unde să poată coborî nevăzut mai aproape de apă. Trebuia să pescuiască, era o sursă bună de hrană. A găsit un loc perfect pentru această nouă îndeletnicire. Se şi vedea cu mintea lui tânără agricultor şi pescar. A hotărât să meargă cu grijă şi pe cealaltă parte, pe a doua stâncă adică, unde putea descoperi alte lucruri de trebuinţă, dar a fost nevoit să amâne, marea era destul de animată. S-a întors la adăpost unde i s-a adresat portretului ca unei fiinţe reale:

- Uite, mamă, este şi pământ aici, un sol destul de adânc, creat în sute de ani, şi e un loc de pescuit pe care nu poate să îl observe nimeni de pe mare. O să ne descurcăm minunat împreună, pentru prima dată, frumoasa mea mamă. Pentru mine eşti totul şi parcă-mi zâmbeşti mulţumită. Mă bucur că-ţi place locul unde te-am aşezat. Îţi stă atât de bine în albastru! Eşti atât de angelică, cum altfel? Mama mea dragă, termină Stefano, sărutând cu sfială portretul şi punându-l mai apoi la loc.

Ai încredere în mine, va fi minunat, ca o plimbare nedată tuturor muritorilor. Acum, îmi iau undiţa şi mă duc să prind peşte. O să fii mulţumită de mine când mă voi întoarce.

Stefano a ieşit plin de fericire şi s-a dus către acele scări făcute de apă în stânca dinspre mare.

Să vă mai spun că uitase de Dumnezeu, de rugăciuni şi că era cu totul liber şi mulţumit?

Prinsese mult peşte, pe care l-a pus la uscat în bătaia vântului, după ce l-a curăţat şi sărat. Învăţase multe lucruri la mănăstire. Seara, pe întuneric, va aprinde focul şi va prăji câţiva, gândea el sigur acum pe el şi destinul său.

- Mamă, nici şobolani nu sunt aici. Nu ar avea ce mânca. E atât de linişte, doar câteva păsări îşi au cuibul aici.

Vorbea mereu cu portretul, precum cu o icoană. Pentru el era viu. Şi-a făcut destul de confortabil adăpostul, fiind învăţat să-şi drămuiască încă de mic tot ce avea. Termină şi ieşi la pământul găsit, pe care îl curăţă şi în care îşi puse seminţele, împreună cu toate speranţele sale.

- Ce bine e!, a strigat el, dar s-a oprit aducându-şi aminte că trebuia să fie discret ziua. Napoli era un oraş mare şi prosper, o ştia foarte bine. Aştepta acum să se întunece ca să poată trece pasarela dincolo.

Uitase cine era cu adevărat. Nu-l mai interesau actele pe care le făcuse ducele pentru a fi îndepărtat. Îşi câştigase mama şi un loc al lui. Nici nu-şi dorea mai mult. A dat în buzunar peste punga cu bani, pe care a pus-o lângă portretul Biancăi. Nu se ştia la ce-i putea folosi pe viitor conţinutul ei. Se culcă mulţumit, în noul loc, mult mai confortabil acum. Chiar şi pledul care închidea adăpostul a fost rearanjat, cu mai multă atenţie, doar era zi. Se hotărâse să doarmă ziua, ca seara şi noaptea să stea pe cealaltă stâncă. Totul părea bine pentru acest nou început, cel puţin până acum.

S-a trezit odihnit, numai bine pentru a observa peştii săraţi puşi la uscat. Nimeni nu-i luase de acolo. Se pare că păsărilor nu le plăcea să mănânce cu sare, iar peştele lui avea prea multă.

S-a aşezat şi a admirat imaginea minunatului golf. Era atât de aproape de lumea pe care nu o mai dorea, nici măcar pentru stăruinţa stareţului. Auzea bătăile clopotelor din domul oraşului. Se făcuse seară, întunericul nu se lăsa aşteptat. Pe mare se mai vedeau doar bărci de pescari, care se retrăgeau spre ţărm. O zi se terminase cu bine pentru toată lumea.

60

Stefano, hotărât, s-a ridicat şi, înveşmântat în pelerină, a privit în jurul său. Nimeni, doar apele lovind stânca. A înaintat spre puntea din piatră pe care se putea ajunge pe cealaltă stâncă. Era destul de îngustă, dar nu într-atât încât să nu-i permită tânărului să se obişnuiască cu ea. A trecut. Şi aici linişte, dar mai multă vegetaţie. S-a bucurat mult când a descoperit copaci, surcele pentru foc şi o grotă mai mare, pe care s-a hotărât imediat să o transforme în adevăratul său adăpost. Copacii păreau meri şi acest lucru i-a dat speranţa că îşi va putea diversifica hrana. Acum avea două grote. Sau poate mai multe, dacă privea atent, îşi spuse el în gând. Avea să-i spună mamei de descoperirile sale. Ea o să se bucure cu adevărat.

Când s-a întors la adăpost avea încă o veste bună, era şi pe cealaltă stâncă pământ, dovadă merii. Îl va curăţa el cumva şi va pune seminţe în pământ ca şi prima dată. În rest, pescuitul trebuia să continue, odată cu mutatul în grota mai mare şi mai spaţioasă.

După ce a terminat cu mutatul, a început să inspecteze şi această nouă stâncă. Era mult mai mare, iar porumbeii erau mulţi, spre bucuria lui, o altă hrană pentru el şi buna lui mamă. Focul era mai lesne de întreţinut.

Stefano trăia aproape ca un sălbatic şi asta îl mulţumea. Se bucura de tot ce-l înconjura, dar mai ales se simţi împlinit când seminţele începură să germineze.

Vorbeşte din ce în ce mai mult cu portretul mamei sale. Nimeni nu-l deranjează, nimeni nu ştie că, acum, Goiola cea blestemată, este locuită. Uneori mai priveşte către oraş. Nu îl tentează să revină printre oameni. Încă îi place să audă bătăile clopotelor bisericilor.

Acum putem spune că tânărul a uitat cu totul de cele sfinte şi, mai ales, de jurământul lui de călugărie. Pentru el acestea sunt lucruri inexistente. Se gândeşte uneori că stareţul a spus tuturor că este mort şi că drumul spre Roma i-a fost fatal.

Iarna vine spre el cu temperaturi aproape de îngheţ, dar în grotă e cald şi bine. De Crăciun şi de serbările de Anul Nou, observă de pe stânci artificiile şi bucuria poporului. Regele serbează, regele e vesel. Regele e bătrân, dar Dumnezeu îl ţine în viaţă pe el, dar şi pe a doua lui soţie. Clopotele anunţă sărbătoarea, iar ţărmul este animat, însă Stefano nu este tentat să se întoarcă. Preferă viaţa lui în locul acesta, care nu i se pare deloc bântuit.

Astfel că 1822 bate la uşă şi intră peste toţi muritorii, bogaţi sau săraci. Şi la Stefano intră cu pace şi linişte, pe stânca lui.

CAPITOLUL XII

Într-una din zilele de pescuit, urcând treptele săpate în stâncă de natura însăşi, cu ajutorul apei, a observat în stânga, cam la jumătatea treptelor, o cavernă nouă, pe care nu o sesizase înainte, probabil din cauza vegetaţiei sălbatice care aproape o acoperea. Deschizătura acesteia era îndreptată către mare. Stefano şi-a dus imediat peştele la adăpost şi a coborât treptele plin de curiozitate. Cu ajutorul unui cuţit a tăiat toată vegetaţia, gândind s-o care mai târziu spre a face focul cu ea. Făcu curat şi se arătă lumii o deschidere care avea deasupra ei un semn mare format din trei mai mici: o lebădă, un iepure şi, între ele, o piatră verde. El mai văzuse o asemenea piatră, mai mică, la inelul tatălui său. „Un smarald între o pasăre şi un iepure", a gândit el.

Caverna era plină de nisip fin şi nu era umedă, semn că ploile sau vânturile nu pătrundeau înăuntru. Stefano păşeşte încet pe nisip, nu este atent şi se împiedică de ceva: un fel de masă. Destul de bine conservată. Realizează că are mărimea unei mese de rugăciuni, a unui altar. Suflă praful de pe ea şi descoperă nişte litere care îi par destul de cunoscute: latină. Toarnă peste masă o găleată de apă, pentru ca semnele să iasă in evidenţă de sub nisip. Stefano cunoaşte latina, aşa că începe să citească, literă cu literă, cuvânt cu cuvânt.

- Un altar al zeiţei Venus, a citit el, şi un blestem pentru cel care intră aici şi trezeşte peştera la viaţă. Dar nu este cazul meu, a continuat el. Eu sunt din naştere un nimeni, un dat la o parte.

Tânărul ocoleşte acea masă şi înaintează. Vede pe pereţi urme de suporturi pentru făclii, iar mai departe, descoperă statuia zeiţei cu ochi verzi de smarald, la picioare având lebăda şi iepurele. Simbolurile ei. Era foarte bine realizată, mantia romană căzându-i atât de bine în falduri. Un sculptor iscusit o crease cu siguranţă. Era minunată şi nu avea nicio ciobitură. Era doar nevoie să fie curăţată, iar Stefano era hotărât să-i redea strălucirea pierdută.

În spatele statuii erau multe vase, probabil pentru cultul ei. Era şi Eros, pe care scria în latină: „NATE DEA", adică fiul zeiţei, alături de tatăl său, puternicul Marte, pe care scria: „MARS-ARES". Evident, acelaşi zeu al războiului. Deci, întreaga familie se închina lui Venus-Afrodita

- Aşadar, un cult greco-roman, al acelora care nu se puteau despărţi de niciunul dintre obiceiuri. Erau poate şi greci şi romani, de aceea blestemul. Se ascundeau cu siguranţă la fel ca mine. Ar fi fost un sacrilegiu convieţuirea în bună pace a unor greci şi romani, pentru acele vremuri.

A continuat să meargă şi şi-a dat seama că peştera se întindea pe tot cuprinsul stâncii pe care se afla. După urmele făcliilor îşi făcu un calcul, cam câtă lume se putea aduna aici. Drept pe peretele din fundul grotei, mai găsi o statuie pe care scria Aeneas. Acesta, după câte ştia Stefano, era tot fiul zeiţei, conceput cu un muritor, Anchise, un locuitor al Troiei.

- Iată-l şi pe întemeietorul Romei, a spus cu voce tare tânărul, dar glasul lui se sparse de pereţii goi ai cavernei. Nici urmă de zeul acela hidos, Vulcan. O piază rea pentru zeiţa frumoasă ca o lebădă, precum este şi întruchipată uneori.

S-a întors mai apoi la gura peşterii, de unde a luat toate vasele de cult pe care le-a găsit. Avea nevoie de ele la bucătăria lui mereu reutilată cu câte ceva. Avea în ce-şi fierbe acum tot ce îşi dorea. Curând, primele recolte aveau să apară, nu era deloc frig, semn bun pentru agricultură. Cel puţin pe insula lui. Pleacă mai apoi, astupând înainte ceea ce fusese nedescoperit de multe secole.

În acea seară adoarme greu, ceva l-a neliniştit, poate ochii zeiţei, poate amintirea inelului tatălui său Sanseverino, sau poate incantaţiile celor acum trecuţi la zeii lor. Până la urmă somnul vine, iar în vis i se arată că trebuie să aprindă un foc în faţa statuii frumoasei zeiţe.

Şi chiar a respectat dorinţa din vis a doua zi. A aprins un rug şi s-a aşezat în faţa lui Venus, doar cu flăcările între ei. Verdele ochilor ei scapără scântei, dar el continuă să o privească un timp.
Când nu a mai putut, s-a ridicat şi a curăţat toate statuile, aducându-le lângă zeiţa iubirii. Acum totul i se pare cu adevărat un templu şi timpul curge înapoi ca prin farmec.

Cu siguranţă, Stefano, în această grotă şi-a pierdut şi ultimul dram din credinţa în care a crescut. Era anul în care avea să împlinească 20 de ani. Era ateu fără să-şi dea seama. Sufletul lui îi aparţinea acum doar lui. Nu se transformase într-un adorator al lui Venus, nicidecum, nu se putea obişnui cu ochii aceia şi cu răceala statuii, acum curate. Nu se întreba niciodată ce ar fi zis părintele Francisc, bunul lui îndrumător. Nu-l mai interesa.

- Dumnezeu, a zis el în peştera zeiţei, nu este un zeu bun. Tatăl şi mama sunt morţi cu onoarea neştirbită. Au dat-o, mai departe, copiilor legitimi, precum este marmura acestor statui, imaculată, ferită de vânt şi apă. Pe mine m-au dat la o parte, fără să gândească prea mult. Iar mama, dacă dorea, putea să insiste să afle unde sunt şi să mă ia pe lângă ea, nu ca fiu, ca orice, doar s-o văd şi să mă iubească. Chiar azi o să-i arunc portretul în foc. În faţa ta, zeiţă păgână, jur că mă voi răzbuna pe toţi până în ultima zi a vieţii mele. Acesta este scopul meu de acum înainte. Inima mea stătea în cumpăna: să fie bună sau rea. Dar nu pot fi bun şi păcălit până la final. Răzbunare cer pentru destinul meu. Îţi voi fi slujitor, chiar dacă nu cred în tine, iar tu o să mă ajuţi să-mi duc soarta până la capăt, menirea vieţii mele.

Devenise ateu cu adevărat. Chipul său îl întrecea cu mult în întunecime pe cel al lui Sanseverino. Nu-l mai iubea pe Dumnezeu şi nici nu-L înlocuise cu cineva, după ce-L aruncase în focul fără întoarcere prin lepădare. Stefano stătea şi privea în ochii aceia verzi, umplându-se de mânie. El citeşte versurile de pe altar, dedicate mătuşii nemuritorului Zeus şi acestea găsesc rezonanţă în sufletul lui chinuit şi greu încercat.

- Simt, zeiţă, că nu am fost singurul aici pe aceste stânci. A mai fost lume înaintea mea şi nu doar pentru rugăciuni închinate ţie, când exista o cale directă de acces. A mai fost cineva care a trăit aici ca mine. Un suflet la fel de negru prin el însuşi. O să caut, o să găsesc, atunci o să ştiu mai multe şi poate o să mă rog stelelor pentru sufletul lui. Mă simt liniştit când mă gândesc că am camarazi uniţi prin acelaşi adăpost. Dar e timpul să plec acum, să-mi văd de gospodărie şi să mai fac ceva ce trebuia să fac de multă vreme.

În acea seară, Stefano a aruncat în foc portretul mamei sale.

- Trebuia să te las în palatul Pallavicino. Nu-mi aparţii acum mai mult decât îmi aparţineai în trecut. Benedetto mi l-a dat din toată inima, îl iert, dar eu nu am nevoie de el. Dacă până acum, aproape toată viaţa mea, nu am avut nevoie de Bianca Pallavicino, nici de acum înainte nu voi avea nevoie. Arzi, acum, arzi, prăjeşte-te şi rostogoleşte-te în foc, urlă de durere, femeie fără inimă, slabă la minte ca un miel care strigă după mama lui în zilele Paştelor.

Stefano s-a culcat tulburat şi, mult după ce clopotele Domului bat miezul nopţii, cugetul i-a adormit.

Aşa cum a promis de cu seară, dimineaţa, care era una frumoasă, a mers pe insula pe care avea adăpostul şi a cercetat loc cu loc, căutând semne ale altor destine. S-a dus către latura stâncii care dădea spre mare şi s-a aşezat lângă un copac micuţ, crescut acolo pe un pumn de pământ. A speriat nişte pescăruşi, care au zburat imediat cedându-i locul. A început să arunce cu pietricele în apă. Era atâta sălbăticie cuprinsă de atât de multă frumuseţe şi totul era al lui! Respira tare aerul dimineţii la acest gând măgulitor.

- Dar cum o să caut dacă stau şi mă uit la apă?, vorbi el cu sine.

S-a ridicat imediat, să nu fie zărit şi s-a întors. Din neatenţie, a dat peste ceva tare care-l făcu să se împiedice. Lângă copac se ridica ceva ca o movilă, făcută din pietre puţine, puse una peste alta. Invizibilă, a gândit Stefano. Până acum eu nu am văzut-o.

Încet, cu mâinile goale, dă pietrele la o parte. Nu se înşală, era un mormânt. Găsi oase de om şi un sul foarte bine conservat scris în limba latină. Tânărul nostru pune cu atenţie oasele la loc şi scoate cu grijă papirusul. Află astfel despre om că îl cheamă Laetius şi că a stat pe stâncă mai bine de 50 de ani. Uneori cu cineva, dar cel mai mult timp singur. Acest Laetius fugise de la Roma, unde era căutat pentru un delict pe care nu-l comisese. Găsise adăpost pe stâncă unde şi-a dus viaţa fără să fie găsit şi cercetat. Drept pedeapsă că a fugit de sentinţa judecătorului, familia lui, soţia şi cei doi copii fuseseră ucişi cu otravă. Acest lucru îl aflase de la cel care îi mai făcea câte o vizită.

- Care soartă e mai grea: să fii abandonat sau să abandonezi cu consecinţe dramatice? Ce o fi zis acest om când prietenul său i-a adus vestea morţii familiei sale? Ce bine e conservată hârtia în această urnă. Prietenul care l-a îngropat nu l-a ars cum făceau romanii. Poate pentru a nu se vedea fum de pe ţărm. A făcut bine acest ultim om care poate l-a găsit în viaţă. Iar oasele sunt păstrate atât de uscate. Aşa o să arăt şi eu peste o mie de ani, pufni el încet. Laetius, eşti prietenul meu de acum, a spus Stefano acoperind oasele, dar luând cu el cele două vase de lut. Nici nu şi-a dat seama cât de târziu se făcuse. Plecă să-şi astâmpere foamea şi să studieze vasele.

După ce a mâncat, a deschis capacele celor două vase, cu multă grijă. Aduceau trecutul atât de îndepărtat lângă el. Într-unul din ele, cel mic, a găsit un medalion pe un lanţ gros de aur. Era profilul unei femei, iar pe spate numele ei: „Ligia". „Probabil soţia", s-a gândit imediat Stefano, jucându-se cu bijuteria, până ce a ajuns să şi-o pună la gât. S-a hotărât că nu era un gest urât să poarte medalionul. Era ca o aducere aminte, ca un respect datorat omului necunoscut cu care împărtăşea aceeaşi soartă, la ani mulţi distanţa.

În celălalt vas a dat de alte două înscrisuri. Unul din ele povestea istoria bietului om, scrisă de prietenul său, imediat după moartea acestuia. Laetius fusese un om bun şi nimeni din familia lui nu-l trădase. Muriseră ca nişte martiri, dorindu-şi revederea pe tărâmul celălalt. Îşi doreau să se întâlnească la râul subpământean Acheron şi, coborând din barca bătrânului Charon, să se îmbrăţişeze pe mal, să uite de tristeţea dată de râu şi de nefericirea vieţii lor pământene.

Cealaltă scrisoare dădea date despre prietenul acesta credincios care-l îngropase pe Laetius. Îşi cerea iertare în faţa zeilor pentru că nu putea să-i ardă trupul prietenului său şi nici să-i pună o monedă în gură drept obol pentru zei, care credea el, vor înţelege totuşi.

- Cât de departe sunt aceste credinţe, şi-a spus Stefano pe stâncile pe care el le locuia acum. Şi cât de false. Cât de manipulatoare. Exact precum cea din zilele noastre. Îţi fură toată libertatea şi te lasă gol pe dinăuntru, dar şi în buzunare. Ce prieten bun acest om care l-a ajutat să treacă dincolo, demn, alături de cineva drag. Acest om îşi spunea oful, acela că trebuia să-l lase acolo, departe de lume pe Laetius, îngropat nu foarte adânc, la mila vânturilor şi a pietrelor. Dar, Laetius, de azi nu mai eşti singur. O să am eu grijă de tine. O să te îngrop mâine mai adânc, alături de hârtiile tale, însă medalionul o să-l păstrez ca plată pentru munca mea, nu cred în zei.

Şi Stefano s-a ţinut de cuvânt a doua zi. L-a îngropat adânc pe Laetius cel fugar, aşa că nimeni nu putea şti de existenţa unui mormânt sub nasul lor, dacă îndrăzneau peste timp să urce pe aceste stânci.

CAPITOLUL XIII

Vara lui 1822 i-a adus pribeagului nostru primele recolte. S-a bucurat ca un copil când le-a strâns şi le-a dus în siguranţă, ferite de ploi şi vreme neprielnică, în adăpostul său.

Nu s-a despărţit deloc de medalionul atât de vechi pe care l-a găsit în vasul de lut. Parcă îl apăra de ceva rău. În mintea lui, această femeie necunoscută, dar atât de greu încercată, îl proteja . Poate o asemuia unei mame. Ligia fusese mamă şi soţie, una dintre cele mai bune, după Stefano.

În una din zilele călduroase ale acelui sfârşit de august 1822, pe înserate, s-a dus să se scalde. Apa era călduţă şi liniştită. Nu o scutura nicio urmă de vânt. Nu bătuse încă ora nouă seara în clopotniţa domului din Napoli. Marea îşi dusese bărcile la mal şi probabil că oamenii îşi mâncau cina, mai săracă sau mai îmbelşugată, în singurătate sau în saloane luxoase, după destinul fiecăruia. Stefano se hotărâse să îşi amâne masa până după ce se va fi bălăcit puţin. Aşa că nu amână să se dezbrace şi să intre uşurel în apă. Arăta ciudat cu pletele şi barba tăiate de el, fără niciun fel de grijă. Adusese cu el un ciob de oglindă şi un foarfece.

- Hei, tu, auzi un glas care-l făcu să tresară. Cine eşti? Şi ce faci acolo?

Stefano s-a oprit o clipă din înotat şi apoi s-a îndreptat către stânca lui.

- Hei, nu mă auzi? mai zise o dată glasul. Sunt în barca din stânga ta.

- Nu te-am văzut, strigă Stefano. Apropie-te, eu nu pot.

- Bine, acum vin, strigă omul. Şi vâslele se auziră din ce în ce mai bine şi mai aproape de Stefano.

Între timp, acesta se ştersese şi se îmbrăcase cu rasa lui neagră de călugăr.

- Dă-mi mâna să urc, o să-mi leg barca de bucata aceea de piatră, zise omul.

Stefano s-a conformat imediat şi omul a ajuns lângă el. Cei doi s-au aşezat unul lângă altul, fără ca în următoarele minute cineva să deschidă gura.

- Eşti atât de tânăr, băiete, sparse omul tăcerea. Locuieşti aici?

- Da, locuiesc aici de mult timp, credeam că nu mă vede nimeni, i-a răspuns Stefano.

- Şi nici nu te-a văzut până acum. Întâmplarea face că am condus barca atât de aproape de stânca asta, altfel nu te vedeam nici eu. Şi, crede-mă, în fiecare zi ies în larg, pescuiesc să-mi hrănesc familia. Dacă am mult peşte în năvod, îl vând. Sunt un om sărac şi aproape bătrân, precum vezi. Mă cheamă Tinio.

- Pe mine Stefano, i-a răspuns prompt tânărul, luând mâna întinsă a bătrânului în mâinile sale, sub formă de salut. Să nu te temi de mine, nu ai de ce. Nu sunt hoţ, nici ucigaş, sunt doar un om născut sub o zodie rea, un om dat la o parte şi aruncat din cartea destinului său de toată lumea. Sunt născut din păcat şi răzbunare, dar nu am stat mereu aici. De fapt, sunt călugăr, dar nu cu sufletul. Te rog să nu spui nimănui secretul meu. Ai face mult rău altora, fără să vrei. Am fugit de lume pentru a nu sta în calea unora... adică a familiei mele. Dar nu-mi cere să-ţi spun mai multe. Vorbeşte-mi despre tine mai bine.

- Despre mine? Sunt pescar de când mă ştiu. Am patru copii şi o nevastă bătrână care vorbeşte prea mult. Locuiesc într-o căsuţă, nu departe de mal. Toţi copiii mei sunt căsătoriţi, dar mereu îmi cer ajutorul, aşa că ies la pescuit în fiecare zi lăsată de la Dumnezeu în care deschid ochii. Banii îi împart în cinci: copiii şi nevasta de care ţi-am zis. Marea mă linişteşte, parcă e sora mea mai mare. Sunt un om cinstit şi, dacă vrei, îţi voi da peşte zilnic, fără bani. Îţi promit că nu voi sufla nimănui o vorbă despre ascunzătoarea ta. Răspunde-mi doar, dacă ai fi fost bogat şi nobil, ai fi trăit acolo?, zise bătrânul, arătând spre mal.

- Dacă destinul ar fi fost în mâinile mele, ai fi avut în faţa ta un marchiz. Dar nu-mi pare rău decât pentru că m-au aruncat ca pe o cârpă. Bani mi-au dat destui, nu am ce face cu ei. Până la 18 ani nu am ştiut din ce neamuri mă trag. Am crescut la mănăstire. Aş spune că sunt bogat. Părinţii mei sunt morţi amândoi. Îmi place aici, am stat mult să mă gândesc unde să plec, înainte de a părăsi mănăstirea. E târziu acum, dar dacă mai vii, o să-ţi arăt ce culturi minunate am sus pe stâncă şi ce adăpost ferit de ploi şi frig am. Nu am avut de ales, iar călugăr cu adevărat nu voi fi niciodată. Nu am vocaţie.

- Înţeleg câte ceva din ce-mi spui şi nu te invidiez deloc. O să mai vin la tine, băiete, şi cred că o să te tund şi o să-ţi aranjez barba. Ai ochi frumoşi şi nu cred că minţi. Eşti hotărât să nu mai vii la mal niciodată?

- Da, sunt. Poate vii tu la mine, mai scapi de gura nevestei tale, a zis Stefano râzând.

- Îmi placi, băiete, mă faci să râd. Acum trebuie să plec să-mi aranjez peştele. Dimineaţă sunt cu el la vânzare. Am muşteriii mei. O să-ţi povestesc în următoarele zile şi, dacă vrei, îţi aduc veşti din oraş. O să vin mereu pe seară şi o să stăm puţin de vorbă. Şi eu am nevoie şi cred că şi tu. Rămâi cu bine.

Tinio a plecat şi, în urma lui, Stefano s-a dus în adăpost. Curios, nu-i era teamă de acest om. Îi inspira încredere. Ştia că nu va spune nimic niciodată. Ştia că nu-l va trăda. A adormit fericit, vorbise cu cineva, în sfârşit, el care credea că acest lucru este imposibil, obişnuit deja să vorbească singur, doar cu el.

A doua zi, Tinio a venit. I-a adus lui Stefano pâine. Acesta din urmă i-a arătat recoltele sale.

- Băiete, te felicit, eşti un adevărat supravieţuitor. Nu ştiu dacă îţi prieşte singurătatea, dar te descurci. Cred că ar trebui să nu mai porţi hainele de călugăr, dacă nu crezi cu adevărat că eşti demn de ele. Iartă-mă că mă bag peste tine, dar asta cred eu... De fapt, am nişte haine care ţi-ar veni. Am zis să întreb mai întâi, să nu te superi. Sunt în barcă.

- Nu mă supăr. O să le iau şi o să-mi pun la păstrare călugăria, într-un colţ al hrubei mele singuratice. Nu ai vorbit, nu-i aşa?

- Nu, ce am promis, am promis. E secretul tău şi viaţa ta.

- Mai e un lucru în legătură cu acest secret, Tinio. Dacă vei dezvălui secretul, un mare blestem se va abate peste părul tău alb. Sunt două persoane care au murit deja din cauza asta. Nu este o glumă. Dar să nu mai vorbim despre asta. Am încredere în tine, din toată inima.

Tinio îl ascultă şi dădu din cap a înţelegere. Între cei doi s-a înfiripat o prietenie nesperată. Bătrânul îl făcea să râdă pe Stefano cu poveştile lui de acasă, iar imaginaţia lui aproape că îi permise să o vadă pe soţia gureşă a lui Tinio. Stefano se lăsă tuns de acesta şi îşi rase şi barba tot atunci cu un brici nou nouţ. Cadou de la bătrânul său prieten.

- Nici nu ştiu de când nu am mai primit un cadou. Îţi mulţumesc din toată inima, prietene.

S-au învăţat unul cu altul, iar când a venit iarna, şi întâlnirile erau mai rare, Stefano tânjea după compania bătrânului.

Tinio avea delicateţea de a nu pătrunde fără acordul lui Stefano pe insulă. Rămâneau de cele mai multe ori pe stânca de deasupra locului unde-şi lega bătrânul barca.

De Crăciun şi de Anul Nou, nu a venit deloc. Familia lui se reunea pentru a se bucura de tihna sărbătorilor. Regele poruncise artificii, pe care mulţimea le primea mereu cu urale. Şi Stefano le-a privit încântat, plecând apoi peste pasarelă la templu.

Nu-l adusese niciodată pe Tinio aici. Şi nici nu dorea să o facă. Era doar a lui acea grotă, acel loc de rugăciune păgân. Nici despre Laetius nu a adus vorba. Nu era secretul lui, nu avea dreptul să-l divulge. Simţea metalul de la gâtul lui, cald, şi parcă înţelegea că era apreciat pentru că nu spunea nimănui despre întâmplări de mult trecute şi neştiute de nimeni. Creştinismul şi religia romană erau împletite în Stefano. Nu se respingeau, din contră, se înţelegeau ca două surori bune.

Tânărul avea 20 de ani împliniţi şi, de câteva luni, nu mai purta rasa. Tinio îi mai adusese haine şi acum avea mai multe schimburi, încerca să se ţină curat.

Bucuria revederii a fost deplină. Tinio a adus atâtea veşti din oraş: regele se ţinea greu, noroc fiind cu moştenitorul, care cârmuia Regatul celor 2 Sicilii cu adevărat în locul tatălui său. Apoi vorbi despre câţi bani au aruncat slugile palatului în numele regelui de sărbători, de îmbulzeala lumii şi de câţi răniţi a produs această afacere.

- Iar tu, Stefano, trăieşti aici din munca mâinilor tale, fără bani. Ce diferenţă, băiete. Ce lipsă de minte la oamenii aceia. Stăteam pe treptele catedralei şi îmi făceam cruce când oamenii scoteau pe braţe răniţi, strigând după doctori. Dar regele nu ştie şi nici nu-i pasă. Obiceiul acesta e atât de vechi. Câţiva ani nu s-a ţinut pentru că a fost deposedat de coroană, dar apoi au apărut iar banii şi răniţii la sfârşitul anului. Eram copil şi încă îmi aduc aminte.

Ştii, băiatule, am stat şi m-am gândit la tine mult, de sărbătorile acestea. Mi-ai lipsit. Nu-mi vine să cred că o să rămâi aici pentru toată viaţa. N-ai dorinţe niciodată?

- Am avut mai multe dorinţe, Tinio, prietene. Mi le-am îndeplinit înainte de a veni aici. Am avut şi gânduri bune şi gânduri rele, dar fără să vrei m-ai ajutat, îndepărtând răul de lângă mine. Acum sunt liniştit... oarecum împăcat cu soarta mea. Aici nu am casele şi mormintele familiei mele în faţa ochilor spre a-mi trezi la viaţă veninul din sânge. Ai să vezi că, zi de zi şi an după an, voi trăi aici ca lucrul cel mai firesc ce mi se poate întâmpla. Iar tu îmi vei fi alături să constaţi că nu mă înşel. Timpul va vorbi pentru mine.

Şi a vorbit timpul acesta etern pentru amândoi. Lui Tinio îi muri nevasta peste câţiva ani. A plâns-o din toată inima. Muri şi regele Ferdinand, la 74 de ani, plâns de toată ţara, iar fiul său i-a luat locul pe tron, împreună cu soţia sa, Maria Isabela. Aveau un băiat moştenitor, care deja avea 15 ani, numit Ferdinand, după bunicul său. Muri şi Francis Întâiul în 1830, chiar în noiembrie, de ziua lui Stefano, urmându-i la tron fiul său Ferdinand.

Însă aceşti ani nu au zdruncinat prietenia dintre Stefano, acum matur, şi Tinio, care încă se ţinea bine.

- Vezi, prietene, câte recolte am acum? l-a întrebat odată Stefano pe Tinio? Ai spus că nu pot trăi aici, că nu mă vezi pentru totdeauna pe stânca aceasta. Te-ai înşelat.

- Fiule, i se adresă Tinio, cum se obişnuise să o facă de ceva timp, văd cu ochii, dar inima simte altceva. Iartă-mă, te rog.

- Nu am de ce să te iert. Am 28 de ani acum şi mulţi din ei petrecuţi aici. E începutul lui 1831, iar viaţa merge mai departe. Dacă eram un bogătaş în palatul meu, nu mă cunoşteai niciodată, lipsea ceva din destinele noastre.

- Cred că ţie îţi lipseşte mai mult din cauza surghiunului voit pe această insulă.

- Ai atins o coardă sensibilă, Tinio, uneori îmi mai aduc aminte de ce aş fi putut fi, dar îmi trece.

- Aici mă tem şi nu-ţi dau dreptate. Sângele tău este nobil, se revoltă generaţiile trecute din tine. Tu nu îţi aparţii doar ţie, ci mai ales celor dinaintea ta.

- Eşti înţelept, Tinio.

- Încep să te cunosc fără să-mi spui tu ceva. Stau de ani de zile şi adulmec. Am ajuns să te iubesc ca pe copilul meu şi mă doare sufletul pentru că nu înţeleg. Dar e drumul tău, ales de tine. Te respect.

- Îţi mulţumesc mult, bătrânul meu prieten. Sper să trăieşti mult, ca braţele şi barca să mi te aducă mereu aici.

- Da, mi-ar plăcea, însă nu sunt nemuritor. Când n-o să-mi mai vezi barca şi atunci când nu voi mai veni, să ştii că nu e rea voinţă, ci moartea. Dar nu mă gândesc la ea, e prea urâtă. Astăzi a fost procesiune mare la mănăstire. A murit stareţul. Toată lumea l-a plâns ca pe un om bun ce era. Peste câteva zile îl îngroapă în biserica mănăstirii.

- La ce mănăstire te referi? a întrebat tresărind Stefano.

- La Sfânta Cecilia şi la stareţul Francisc. Eu nu-l cunosc deloc, dar nevastă-mea mergea mereu acolo, plătea acatiste. Acum trebuie să ne gândim că avea şi el o vârstă. Cred că era mai bătrân ca mine, dar era un om fără păcate, cum altul nu găseşti în zilele noastre. Eu mi le-am făcut pe ale mele, nu pot să spun că nu... dar pe el lumea îl consideră un sfânt. De aceea azi s-a adunat puhoi de lume, care de curiozitate, care întristată cu adevărat, dar care a fost acolo. Călugării l-au plâns din toată inima, lor le-a fost cel mai drag, aş spune. Cred că trebuie să plec acum. Ne vedem mâine, dragul meu, a spus Tinio, îmbrăţişându-l pe Stefano precum un părinte.

„Mie mi-a fost cel mai drag!", a răcnit Stefano în sufletul lui. După ce a plecat bătrânul pescar, tânărul a mers spre adăpost. Lacrimi curgeau şiroaie pe obrajii lui palizi. Rămase cu adevărat singur în inima lui. Cel ce întruchipase pentru el familia murise, iar el aflase întâmplător. „Acum sunt doar eu şi Tinio. Dar şi el este bătrân. Cât o va mai duce, bietul de el.

Locuieşte singur, ca şi mine, nu a vrut să se mute la unul din copii", gândi el trist.

A plâns până s-a liniştit, iar apoi, profitând de lumina blândă a lunii, a mers la templul zeiţei de pe insulă. A fost cuprins pentru prima dată de o nedumerire. Nu înţelegea de ce i se schimbase numele insulei din Euplea în Goiola? De ce era mai bună a doua variantă? Multe nu înţelegea acest fiu al stâncii.

În următoarele luni a devenit din ce în ce mai abătut şi mai trist. Nu putea uita moartea bunului stareţ Francisc. Nu se mai uita către stele pentru a găsi răspunsuri şi nici rugăciuni adresate nimănui nu mai rostea. Cu greu îl convinse Tinio să-şi mai aranjeze părul şi barba. Bătrânul îşi dădea seama că ceva se întâmplă cu prietenul său. Dar nu-l întrebă nimic. Poate că aştepta ca tânărul să-şi deschidă singur sufletul, şi cine ştie, poate că o avea să o facă.

Din păcate, iarna dintre 1831 şi 1832 a fost mai friguroasă pe insulă. Vânturile au bătut cu putere şi, chiar dacă în adăpost era cald, era mereu curent din cauza vântului. Valurile plângeau mai tare când se izbeau de stânci. Se auzeau mult mai bine acum în adăpost.

În acea iarnă, Stefano s-a îmbolnăvit şi tusea l-a necăjit multă vreme. Avusese şi febră câteva zile. Tinio stătea cât putea cu el, aducându-i medicamente şi pături, riscându-şi viaţa în barcă.

- Tinio, bunul meu prieten, nu sunt fericit deloc, cred că mă amăgesc singur. Dar nu mă pot întoarce la ţărm. Sunt stăpânul nevăzut al acestui loc, mă înţelegi? Nimeni nu bănuieşte că sunt aici. Eşti prietenul meu, singurul de pe lume, iar eu nu ţi-am spus cine sunt. Poate că a venit momentul. Ai aşteptat răbdător mărturisirea mea şi asta mă face să te iubesc şi mai mult. Pentru că asta simt pentru tine.

- Eşti copilul bătrâneţilor mele, a spus încet Tinio. Poţi să-ţi arunci negura din suflet, dacă simţi că-ţi face bine. Ştii că voi tăcea.

- Ştiu, Tinio, prietene, i-a răspuns oftând Stefano. Trebuie să-mi găsesc cuvintele. Ţin în mine de mult timp această taină. Uite, a zis hotărât tânărul, pe mine stareţul Francisc m-a crescut la mănăstire, din primele clipe ale vieţii mele. Casa mea a fost mănăstirea aceea de care mi-ai povestit. Pentru mine, moartea părintelui a fost o lovitură grea. El ştia că sunt aici şi nu la Roma. A păstrat secretul la fel ca mine şi ca tine. Tatăl meu este marchizul Sanseverino, iar mama mea este cumnata lui, Bianca Lanza, care s-a căsătorit apoi cu contele Pallavicino. Cum aş putea să dau ochii încă o dată cu aceste familii? Înainte de a ajunge aici, am fost în casele lor. Contele m-a primit foarte bine şi fratele meu la fel, însă tata m-a dat pe uşă afară. Pe fraţii mei i-am văzut de la distanţă. L-am văzut dus la cimitir, mort şi plâns pe marchiz şi mi-a părut bine. Era puţin şi din cauza mea. Începuse să bea mult şi a murit. Nu tocmai bătrân. Mama a murit cu mult înaintea tatălui meu. I-am urât multă vreme pe toţi. Pentru onoarea lor m-au aruncat departe de ei. Nu puteau sta aproape de mine. Ducele de Lanza a făcut totul, strivindu-mă. Am dovezi, nu sunt nebun.

- Biet băiat, linişteşte-te. Acum îmi dau seama prin ce treci de când eşti pe insulă. Ce viaţă chinuită şi plină de întuneric ai dus! Dar cred că nu meriţi ceea ce trăieşti. Chiar ar trebui să arăţi tuturor adevărata ta identitate, dacă spui că ai dovezi. Eşti nobil, nu un om de rând, şi totuşi ai rezistat multor greutăţi aici. Poate prea multe. Ai 30 de ani anul acesta, poate că se va schimba ceva în bine pentru tine. Simt asta de mult şi ştii că am fost cinstit şi ţi-am spus-o. Eşti un om bun şi nu ai stofă de călugăr. O altă temniţă şi aceea.

- Nu vreau să plec de pe insulă. Tot ce e pe ea am făcut cu mâinile mele. Îmi place să privesc porumbeii perechi, perechi şi bărcuţele pescarilor cum unduiesc apele golfului. Găsesc bucurie primăvara în florile merilor mei şi în izbânda pescuitului...

Stefano a adormit vorbind, ţinut de mână de Tinio. Acesta a devenit gânditor şi, pentru prima dată în viaţă, nu ştia şi nu putea să facă ceva. Nu putea să-l convingă pe Stefano de nimic, dar şi-a promis să-l sprijine cu toate forţele lui pe acest vlăstar cu sânge nobil.

Niciunul dintre ei nu bănuia ce întorsătură avea să ia curând viaţa lor, dar mai ales a lui Stefano. O întorsătură pe care tânărul o va putea lua în piept şi învinge, sau poate că viaţa îl va lua în primire şi îl va zdrobi. Cine poate şti înainte de a citi următoarele pagini? Nimeni, poate doar scriitorul, în mintea căruia nu este clar totul cu privire la destinul principalului personaj din acest roman.

CAPITOLUL XIV

În loc de sfârşit...

Pentru a continua povestea noastră, trebuie să ne mutăm geografic, pentru scurtă vreme, mai la sud. Tot în Regatul celor două Sicilii, doar că în oraşul Potenza, capitala regiunii Bazilicata, un oraş aproape şters din punct de vedere economic, lăsat în urmă parcă cu determinare de către cârmuitorii regatului.

Această regiune este cea de unde se va răscula peste câţiva ani populaţia şi care, împreună cu alţii, va uni Italia. Acest pământ care a fost bucuros să fie de partea republicanilor în 1799. Acest teritoriu anti-regalist, care nu ne interesează pe noi, în mod direct, din acest punct de vedere, dar care se leagă de întâmplările povestite de noi aici.

Să ne imaginăm puţin sfârşitul primăverii lui 1834, aici, în acest oraş. Să mergem cu imaginaţia mai departe de pomi înfloriţi, soare şi vrăbii fericite, servitoare vesele şi ţărani plini de speranţă.

Să vedem, deci, două mari case ale Potenzei. Una din ele a tânărului şi frumosului conte Luigi Randazzi, iar cealaltă a îmbogăţitului Giulio Colonna, ajuns în această preafericită stare datorită faptului că făcuse bani mulţi în America, fără însă a avea dorinţa de a rămâne acolo. Tânjea după locul unde se născuse, aşa că s-a întors în regat, după ce şi-a pus la punct afacerile.

Colonna uimi toată suflarea Potenzei când îşi mută fiica şi sora din modesta căsuţă pe care o deţinea în oraş într-un adevărat palat. Nevastă nu avea, o luase Dumnezeu la el şi o scutise astfel de uimirea vecinilor în faţa unei astfel de schimbări. Soţia căpătase doar pe mormânt multă marmură, sculptată precum văzuse el în America, cu îngeraşi şi flori de piatră. Dar ea nu a dat niciodată vreun semn că i-ar plăcea sau nu. Doar Colonna a fost mulţumit, iar orgoliul lui mângâiat.

Cât despre conte, acest frumos nobil napolitan fusese foarte bogat când îşi primise partea de moştenire. De atunci, însă, au trecut cinci ani în care nu a ajuns sărac, dar nici nu mai strălucea ca pe vremuri. Acest om, cam la 30 de ani, avea o pasiune: era un mare explorator. Îşi cheltuise o mare parte din avere călătorind în ţări exotice, după vietăţi ciudate şi altele precum acestea. Era membru al unei societăţi a exploratorilor şi era mândru de acest lucru.

Norocul lui a fost avocatul său, care i-a spus la timp că mai avea puțin și că trebuia să-și vândă casa și să se considere scăpătat, lucru exagerat puțin, dar nu departe de adevăr. Pe conte l-a tulburat această veste și l-a cumințit, spre mulțumirea avocatului, care îl îndrumă spre munții țării ca spre o grădină neexplorată, care necesita atenție urgentă.

Astfel că Luigi, crezând în sfatul înțelept al prietenului său, nu mai plecă nicăieri, păstrându-și casa și ceva avere. Asta nu însemna că atunci când, în biblioteca lui răsfoia o carte cu te miri ce gângănii ciudate de peste mări și țări, nu ofta prelung a neputință.

Contele mai avea două surori, măritate amândouă la Napoli și care erau cu adevărat triste când se întâlneau și discutau despre soarta fratelui lor. Și-l doreau căsătorit, fericit și cu o stare materială mai bună. Nu înțelegeau pe ce se dusese averea cea mare a părinților lor, cu toate că au avut privilegiul să privească colecțiile fratelui lor, Luigi. Adică: gândaci împunși cu acul, plante uscate în clasoare, păsări împănate cu ochi înfiorători de sticlă tulbure, mici animale hidoase, toate acestea neplăcându-le, interzicându-le copiilor lor să intre, chiar și din întâmplare, în cabinetul contelui. Dar, în felul lor, aceste două surori își iubeau fratele și îi doreau doar binele. Fiecare dintre ele îi scria fratelui dându-i sfaturi înțelepte: să caute fata potrivită și să se liniștească. El, la rândul lui, pentru că le iubea, găsea cuvinte să le liniștească, concluzionând că nu venise încă timpul și pentru el.

Dar nu același lucru despre „venirea timpului” gândea Giulio Colonna în timpul liturghiilor duminicale din domul San Gerardo. Venea întotdeauna cu cele două doamne ale lui, dar nu pentru a asculta ce spunea preotul, ci pentru a vâna un soț pentru fiica sa.

Barbara Colonna împlinise 20 de ani cu o lună în urmă și era frumoasă cu adevărat. Dar nu prea ieșea și nu avea nici prietene care să-l mulțumească pe tatăl său. Rămăsese o fată la fel de simplă ca atunci când ieșea în grădinița de trandafiri a căsuței unde se născuse. I-a trebuit multă vreme să se obișnuiască cu atât de mulți servitori peste tot, în casa lor uriașă. Îi plăcea mai mult să citească, spre disperarea tatălui său, căruia îi veni ideea genială pe care i-o împărtăși imediat surorii lui.

- Sora mea dragă, Barbara trebuie să se mărite, e vremea, e frumoasă și cred că citește prea mult. Are bani destui și pentru soț, dacă e cazul. Îl urmăresc de mult pe Randazzi. E conte, e nobil și călătoriile l-au cam secat la pungă. În această situație, o căsătorie cu o femeie putred de bogată, dar fără rang, ar putea fi o soluție. Gândesc că s-ar potrivi de minune. Ea citește, e meditativă, se închide în bibliotecă și nu iese decât la masă, în unele zile. El este cam la fel, studiază orice gândac din parc, acum că nu mai poate călători. Ce este curios, este că în biserică stau mereu aproape unul de celălalt şi totuşi nu se văd. Asta da prostie şi asemănare. El se gândeşte la gândaci şi ea la lectura ei de după-amiază. Am să mă duc să-i fac o vizită. Ce zici?

- Zic că ai vorbit cam mult, dar am înţeles tot. Barbara poate fi o contesă desăvârşită, dacă îţi doreşti. O să aibă bani cât să nu-i vezi cu anii, dacă pleacă în străinătate. Pot să se îmbolnăvească acolo şi fereşte-ne de copii orfani. O să ne mulţumim cu câte o scrisoare din Africa sau America de Sud în care ne descriu vieţuitoarele acelea infernale.

- Tu, Agnes, ai dreptate, nu am observat, în exaltarea mea, acest aspect important. Sunt la fel de nebuni, pot pleca pe durate ridicol de lungi, pe banii mei, ceea ce nu-mi doresc. Dar o să trec în contractul nupţial interzicerea plecării din regat. Pot merge în Sicilia, dacă vor să vadă verdeaţă, dar nu mai mult. Aşa o să fac. Este luna mai, cred că în august putem face nunta. Au timp să se cunoască.

- Dacă totuşi contele e mândru? a continuat discuţia Agnes. Ştii că nu întotdeauna banii fac şi desfac totul.

- Şi ce ar trebui să fac? Nici nu ne cunoaştem în fond, i-a răspuns fratele ei.

- Arunc-o cu mult tact pe nepoata mea în braţele lui. Fă-o să strălucească. Comandă-i rochii la Napoli şi, din greşeală, schimbă-i locul în biserică. Să ne aşezăm mai aproape de acest vânat frumos, încă tânăr. Să nu ne grăbim dacă vrei ca totul să iasă bine.

Tatăl a pus în aplicare sfaturile surorii sale chiar de a doua zi, când i-a propus Barbarei o vizită la Napoli, pentru „împrospătarea” garderobei de vară. Acolo nu se uită la bani, iar când s-au întors peste două săptămâni, fata avea cele mai frumoase rochii... care s-au aşezat una peste alta în dulapuri, odată cu regăsirea cărţilor în bibliotecă.

- Încep să mă înfurii, a strigat într-o zi Colonna. Cred că am depus atâta efort degeaba. Fata asta trebuie zdruncinată ca să priceapă ce vreau.

- Vom vedea duminică. Îi voi alege eu rochia şi vom greşi locul în biserică, a spus Agnes. Însă, dacă nu-ţi calmezi spiritul, fata o să-şi dea seama curând. Aşteaptă ziua şi nu-ţi arăta nemulţumirea.

- Fie, duminică atunci. Dar luni îi voi ţine o predică pe care nu o s-o uite niciodată, a mai zis Colonna ieşind din cameră şi închizând uşa zgomotos în urma lui.

A plecat la Club, unde i s-a făcut loc doar pentru banii lui, mulţi şi buni. Lui nu-i păsa de această modalitate de aderare, de această formă de socializare masculină. Dorea să-l găsească acolo pe conte, care a venit mai târziu şi s-a apucat de citit ziarele din capitală.

Dacă Randazzi ar fi bănuit, măcar puţin, ura pe care bogătaşul i-o arăta ziarului, ar fi sărit ca ars şi şi-ar fi găsit o altă activitate.

Dar Colonna s-a stăpânit, aruncând doar priviri către masa contelui, fără să scoată un cuvânt. Îi promisese surorii sale că o să se abțină până luni. Avea încredere în tactica feminină a lui Agnes.

După ce a mai numărat încă trei zile de așteptare, Giulio a salutat acea duminică fericit. Așteptarea se terminase.

Agnes a gătit-o pe Barbara așa cum a promis, asortându-i la rochie o umbreluță de aceeași culoare. Fata nu s-a împotrivit. Îi plăceau toate lucrurile noi, însă nu ca mătușii sale.

Barbara a intrat în catedrală alături de Agnes, Giulio rămânând mai în spate, neurmându-le. Sora sa și-a făcut loc, ajungând exact în spatele contelui. Începu să se miște, până când reuși să-i dea peste mână fetei, care a scăpat umbreluța peste picioarele contelui. Acesta s-a întors mirat, dar când a văzut-o pe fată, și-a schimbat atitudinea în cea sperată de Giulio, care nu mai era de mult atent la slujbă.

Luigi a ridicat umbreluța și i-a întins-o Barbarei cu o plecăciune. Aceasta s-a înroșit până în vârful urechilor și s-a fâstâcit. A zis un „mulțumesc" de abia auzit și a zâmbit încurcată. Contele i-a răspuns la fel, puțin mai ferm totuși, a gândit Colonna, și s-a întors spre altar. Agnes a mulțumit și ea cerului și, liniștită acum, a început să asculte cu adevărat slujba.

La ieșire, bogătașul s-a umflat în pene de bucurie. Contele, stând pe treptele bisericii, se uita la echipajul lui. Privea cum Barbara se urcă în trăsură și își deschide umbreluța, alături fiindu-i Agnes. Când caii au pornit, Luigi a sărit de pe trepte, urmărind trăsura, până când aceasta a făcut stânga. Giulio își freca mâinile de bucurie. El nu se afla lângă doamnele lui, ci la câțiva pași de conte, în mulțime.

Acasă, fata a fost lăsată în pace în grădină.

- Să știi că fiica ta a întors capul după conte de câteva ori. După câteva duminici ca aceasta, vor fi promiși unul altuia.

- Iar contele s-a uitat după voi până la colț. Ce mai invenție și umbreluțele astea!

În următoarea duminică, Agnes a avut grijă ca draga ei nepoată să „scape" umbrela la sfârșitul slujbei, exact când preotul rostea ca lumea să-și dăruiască pacea. S-a creat o mică încurcătură când contele, care întinsese mâna către mâna fetei, și-a retras-o pentru a prinde umbreluța. Până la urmă, i-a dat fetei și umbrela, dar și o strângere caldă de mână.

Barbara era moartă de rușine. „Mătușa iar mi-a dat peste mână și iar mi-a căzut umbreluța. Ce o să zică acest domn despre mine?"

La ieșirea din biserică, Luigi le-a salutat pe cele două doamne, pe care le „cunoștea" de acum, iar ele i-au răspuns la rândul lor. Nu se prezentaseră încă, nu se cădea, dar acesta era hotărât pasul următor, aşa gândea şi considera Giulio.

Ceea ce nu a observat, însă, acest vulpoi bătrân era faptul că Randazzi l-a întrebat discret pe preot cine era acea domnişoară care tocmai pleca.

- E o tânără foarte bogată şi cucernică. Barbara Collona. Mama ei a murit de mult. Cea care o însoţeşte este mătuşa sa, rămasă singură şi care locuieşte acum la fratele ei. Giulio Colonna a făcut bani în America şi s-a întors. Nu a putut uita Potenza. Face donaţii dese la biserică. Cei săraci o cunosc bine pe domnişoara Colonna. Am luat masa de câteva ori la ei, Barbara e plină de graţie. E un suflet simplu, uşor de înţeles şi îi place să citească şi să viseze cu ochii deschişi. Nu mai are fraţi, a încheiat omul bisericii, salutând deja alte persoane care ieşeau din lăcaşul Domnului.

Dar şi contele a sărit în prima trăsură liberă care i-a apărut în cale. Nu-i mai ieşea din minte chipul fetei. I-a cerut birjarului să mâne până pe strada unde locuia Colonna, fără a opri însă. Şi-a întipărit locul în minte şi a poruncit apoi să fie dus acasă. Se întâmpla ceva cu el. Inima îi bătea tare, era îndrăgostit pentru prima dată.

CAPITOLUL XV

Tulburată era şi Barbara, care stătea în grădină cu o carte în mână, citind aceeaşi pagină de nenumărate ori. Chipul tânărului nu-i ieşea din minte. Şi umbreluţa aceea îndărătnică, care parcă picase ca un semn. Fata se bucura în sinea ei la gândul că tatăl nu fusese lângă ea în biserică. Nu-şi putea închipui reacţia lui la atât de multă neîndemânare.

Într-un final, s-a ridicat de pe bancă şi a început să se plimbe. Parcă grădina arăta altfel acum şi florile erau pline de o gingăşie aparte. Toate îi surâdeau şi o salutau dând din tulpinile de un verde proaspăt. A zâmbit şi fata mirosindu-le şi îmbătându-se de frumuseţea lor.

În acea seară, la cină, nu a mâncat mai nimic, oricât de mult a rugat-o Agnes.

- Doar nu te îmbolnăveşti acum, scumpa mea nepoată, a zis ea. Măcar puţină supă. Fă-o pentru mine.

Fata i-a zâmbit celei care o crescuse şi a început să mănânce. Colonna se făcea că nu observă ce îşi vorbesc cele două doamne, dar era atent ca un iepure fricos la paşii vânătorului.

- După cină o să merg la Club. Nu mă aşteptaţi. Puteţi să vă culcaţi şi pace. E duminică încă, poate o să mai zăbovesc un pic. Domnii aceia sunt bine informaţi, poate o să aflu noutăţi din capitală.

Şi, precum a spus, Giulio Colonna s-a dus la clubul în care i se dăduse permis de acces doar datorită averii sale. Membrii clubului erau, în mare parte, nobili din regiune, foarte bogaţi. Puţini burghezi ca el îşi făceau veacul acolo. De altfel, Potenza nu era un oraş mare şi nici prea modern. Zona era, în general, rurală şi săracă, semn că nobilii erau bogaţi, iar plebea era exploatată la maximum. O fi fost şi acesta un coeficient care a contat la accesul la adunarea aceasta a bărbaţilor.

Intră, iar unul dintre oamenii care lucrau acolo îi luă pălăria după ce îl salută, înclinându-se. Dintr-o privire a cercetat sala spaţioasă şi frumos amenajată. Unii domni citeau, alţii luau masa, alţii jucau cărţi sau zaruri. A văzut în sfârşit un prieten şi s-a dus către el. Stătea singur cu un pahar de vin în faţă. Şi-a comandat şi Colonna un pahar, pe care l-a plătit înainte de a-l consuma. O veche meteahnă căpătată de-a lungul vieţii.

Nu l-a văzut pe conte şi s-a întristat. Nu ştia cum să ajungă să-i fie prezentat acestuia. A zăbovit un ceas, iar apoi a plecat, luându-şi rămas bun de la prietenul său. Pe stradă s-a hotărât că trebuie să frecventeze mai des localul pentru a reuşi să-l prindă pe conte.

I-a venit o idee straşnică. Pentru că nu era târziu, a apucat-o pe strada cu impunătoarea casă a conţilor Randazzi. Când a ajuns pe trotuarul de vizavi, a zărit lumină la etaj la trei ferestre, semn că stăpânul e acasă şi că avea un oaspete sau mai mulţi. „Sper să nu fie vreo femeie. Ce-ar fi să ştiu sigur?", se gândi Colonna.

Peste un sfert de ceas, pe uşa palatului a ieşit avocatul contelui, spre uşurarea celui ce se ascunsese după un copac. Oricum era întuneric, dar precauţia era sfântă pentru Giulio.

Fericit, Colonna a pornit-o şi el spre casă. Era mulţumit, acum avea nevoie doar de răbdare în a-l întâlni pe conte la Club. Şi-a găsit casa cufundată în linişte, doar credinciosul său servitor era treaz. S-a culcat imediat, gândindu-se la ce ar putea aduce următoarea săptămână pentru el şi familia lui.

Luna mai, era partea din an care te îndemna la dragoste şi la găsirea fericirii. Te intoxica cu mirosul florilor apărute peste tot, pline de viaţă şi promisiuni.

A doua zi dimineaţă, Agnes şi Barbara se plimbau prin grădină. Se părea că era o promisiune că ziua va fi senină şi călduţă.

- Mătuşă, îmi este puţin ruşine de cele două întâmplări din biserică. De două ori mi-am scăpat umbrela pe picioarele aceluiaşi domn.

- Nu trebuie să gândeşti aşa, oricui i se putea întâmpla. Şi, apoi, domnul a fost fermecător. Mi s-a părut că i-a făcut plăcere să se întoarcă şi ieri, i-a răspuns mătuşa.

- Îl cunoşti?, a întrebat Barbara.

- Nu mi s-a făcut niciodată cunoştinţă cu el, dar ştiu cine este. Este contele Luigi Randazzi, are cam 30 de ani şi este un explorator al tuturor ţărilor îndepărtate. Parte din averea lui s-a dus pe expediţii. Acum stă acasă pentru că nu-şi mai permite aceste călătorii costisitoare.

- E nobil, deci, spuse cu tristeţe Barbara. Nu face parte dintre cei din clasa noastră.

- Ce vrei să spui cu asta? De când cu revoluţia franceză, barierele între oameni nu mai sunt atât de rigide... iar nobilii nu mai sunt atât de bogaţi. De altfel, şi regatul nostru a avut parte de o viaţă tumultoasă, nu doar Franţa. Nu înţeleg de ce eşti tristă, a spus Agnes cu şiretenie.

- Nu sunt tristă deloc. De ce aş fi? Nu-l cunosc pe acest conte decât de la liturghie. Nu e vina mea că pasiunile lui îl costă atât de mult.

Cele două femei s-au despărţit în felul propriu al fiecăreia. Barbara ştiind un nume, iar Agnes întrezărind sâmburele de pasiune al nepoatei sale.

Seara acelui început de săptămână a fost plină de noroc pentru scopurile lui Colonna. Îşi întâlni „prada" la Club. A avut posibilitatea să-l observe pe conte şi să vadă că nu joacă zaruri sau alte jocuri pe bani. Stătea cu un ziar în mână şi o băutură în faţa lui. Alături de el mai era un domn cu care vorbea din când în când. Uşurel, s-a apropiat de masa contelui comandându-şi cina. Dorise să mănânce la club, pentru a sta mai mult.

Curând a început să audă răspunsurile date de conte celui de lângă el. Vorbeau de Sicilia, despre florile care erau acolo, găsite de cei care le căutau, botanişti plini de zel şi afecţiune faţă de natura mamă. Randazzi îi vorbea calm prietenului care se înflăcărase puţin, făcându-l pe Giulio să lase tacâmurile şi să fie atent la cei doi, doar, doar, unul dintre ei îl va observa. Şi chiar ce sperase s-a întâmplat.

- Spuneţi-mi, domnule, i se adresă prietenul lui Luigi afaceristului, credeţi că sunt specii care aparţin doar Siciliei, la plante mă refer? Aţi călătorit?

- Foarte mult, dar nu în scopuri botanice. Să-mi fie cu iertare, dar nu am observat atent niciodată flora Siciliei. Nu sunt făcut pentru această îndeletnicire. Sunt mai practic. Fiica mea e mai visătoare. E de ajuns în familie o persoană care se poate caracteriza aşa.

- Domnule, se pare că nu am făcut cunoştinţă şi suntem membri ai aceluiaşi club de mult, a spus prietenul contelui. Să-l chemăm pe şeful Clubului, uite-l acolo.

- Mă numesc Giulio Colonna, domnule, şi fac parte din acest club de când m-am întors din America. Este adevărat că vin rar pe aici. Îmi place acasă. Colonna a observat cum Randazzi lasă ziarul şi păleşte. „L-am prins, e al meu", a gândit imediat bogătaşul fără să clipească.

- Eu sunt baronul Lampedusa, iar prietenul meu este contele Luigi Randazzi.

- Îmi pare bine, domnilor, a spus Colonna fericit, strângând mâinile întinse către el, cu căldură, dar cu ochii la conte.

Pentru Luigi se pare că fusese prea mult şi devenise încordat în atitudine. În scurt timp şi-a luat rămas bun şi a plecat din club de unul singur.

În noaptea aceea, Giulio a avut ce să-i povestească surorii sale care, fericită, a bătut din palme, gândind că un pas a fost făcut.

Pe de altă parte, Luigi şi-a dat seama că bărbatul era tatăl fetei din biserică şi unul din cei mai bogaţi oameni din oraş. Nu ştiu dacă să se bucure sau să se întristeze de acest fapt. Ajunsese să se gândească dacă surorile lui s-ar fi împotrivit unei asemenea alianţe dintre el şi fiica acestui îmbogăţit în America. Nu credea că ar fi spus nu, îl doreau atât de mult aşezat la casa lui cu soţie şi copii. Ar fi fost o binecuvântare pentru ele să aibă nepoţi din partea lui. Tot timpul i-o reproşau, pe faţă sau discret, depindea de situaţie. Aşa a ajuns acasă pe jos, uitând să ia o birjă. Însă nimeni nu s-a mirat. Trăia având în casa aceea uriaşă doar patru servitori. Pe restul a trebuit să-i lase să plece când avocatul i-a calculat câte cheltuieli şi ce venituri avea anual. O parte din casă era închisă şi acoperită cu pânză albă.

A îndrăznit să se gândească la domnişoara Colonna în continuare. O plăcea cu adevărat. Ar fi fost o contesă frumoasă şi minunat înzestrată. Cu banii ei ar renova părţi din casă şi ar scoate pânzele de pe mobilă, dacă ar veni copiii.

La următoarea liturghie, Colonna s-a afişat lângă fiica şi sora lui. L-a salutat discret pe conte, care s-a înroşit până în albul ochilor, salutându-l la rândul lui. Barbara nu credea că vede bine şi nu a înţeles nimic din ce spunea bunul părinte. De abia reuşea să se ţină dreaptă şi aştepta cu nerăbdare ca totul să treacă şi să ajungă acasă, în camera ei, nevăzută de rudele sale.

Doar că a mai avut parte de o surpriză. La ieşirea din biserică, tatăl său şi contele au început o conversaţie uşoară, de duminică. Fata nici nu şi-a închipuit că cei doi se cunoşteau, destul să poarte un dialog firesc. Până la trăsură nu a putut decât să îl audă pe tatăl său invitându-l pe Randazzi la cină.

- Umila mea casă vă stă la dispoziţie oricând. Schimbaţi aerul de la Club cu cel din grădinile mele, domnule conte. Nu vă fac nicio invitaţie pentru vreo zi anume. Avem întotdeauna timp, plăcere şi mâncare.

Contele a salutat şi a răspuns pozitiv la o asemenea neaşteptată invitaţie. În ultima vreme o rărise cu vizitele în saloanele lumii sale şi parcă era curios să vadă şi altceva, lumea celor îmbogăţiţi în câţiva ani prin te miri ce forme.

Barbara şi mătuşa ei s-au suit în trăsură zâmbind. Contele a rămas pe loc cu pălăria în mână. Când trăsura se pierdu din vedere, începu şi el să meargă. Era singur şi nu ştia ce să facă pentru prima dată în viaţă. Îşi dorea să meargă la acea familie şi, în acelaşi timp, statutul său îl oprea. Pe de altă parte, Barbara îl atrăgea şi era şi bogată. Colonna era un personaj direct şi acest lucru îi plăcea mult. Iar mătuşa era mama pe care fata nu a avut-o. S-a hotărât, până a ajuns acasă, să meargă o dată şi, dacă îi va plăcea, să repete isprava. Contele a gândit că ar fi bine să lase să treacă câteva zile până la a onora invitaţia. În ziua hotărâtă, şi-a trimis un servitor, cu un bilet în care îşi anunţa prezenţa. A primit imediat un răspuns favorabil: era aşteptat cu nerăbdare de către toată lumea.

Barbara şi-a pus cea mai frumoasă rochie făcută la Napoli şi perlele mamei sale, unicele bijuterii pe care cea de mult plecată în ceruri le-a avut.

Contele a venit cu o birjă şi, după ce a plătit, a urcat scările acelei case în care se vedea de departe belşugul.

I s-a deschis uşa larg, iar el a intrat uimit. A apreciat din prima clipă bunul gust şi luxul neostentativ al încăperii în care a intrat. Şi-a lăsat pălăria lacheului care a dispărut înclinându-se, făcând loc mătuşii fetei care l-a întâmpinat cu zâmbetul pe buze, poftindu-l în salonul din spate, cel care dădea spre grădini.

- Ne-a bucurat foarte mult biletul dumneavoastră, conte. Dintre atâtea case aţi ales-o pe a noastră şi vă mulţumesc din inimă. Fratele meu şi nepoata mea vor veni imediat, se plimbă pe alee, continuă ea, sunând dintr-un clopoţel de porţelan.

La vederea contelui, Colonna s-a bucurat arătându-şi sentimentele prin strângerea cu putere a mâinii tânărului. Barbara s-a fâstâcit puţin şi, roşie toată, i-a întins mâna lui Luigi, care a tresărit când a luat-o şi a dus-o la buze.

În seara aceea masa nu a mai fost monotonă ca de obicei. Toţi patru au simţit că este altfel aşa că, la plecare, stăpânul casei l-a rugat stăruitor pe conte să revină.

- Ne-am simţit cu adevărat bine, conte, mai veniţi la noi. Chiar şi fără anunţ înainte, nu suntem atât de formali.

Contele a promis că o să mai vină şi şi-a luat rămas bun de la cei trei, bine dispus şi plin de voie bună. Nu mai avusese de mult o seară atât de plăcută, lipsită de fasoanele societăţii din care făcea el parte. Toţi fuseseră foarte deschişi, un lucru rar în acele vremuri în saloanele nobililor pe care el îi frecventa.

A mers pe jos până acasă, cugetând la ce puteau duce aceste întâlniri atât de plăcute, pe care dorea să le mai aibă, în compania acestor burghezi bogaţi.

CAPITOLUL XVI

Indiferent ce începea să se zvonească în Potenza, contele a început să frecventeze cu regularitate casa Colonna.

Lampedusa chiar i-a făcut o vizită cu acest subiect pe buze în una din dimineți. I-a expus diferența de clasă, i-a vorbit despre onoare, apoi a observat că o face fără rezultat, și-a băut cafeaua și a plecat uluit.

Luigi i-a spus doar că e îndrăgostit de fata bogătașului și că are temeri cu privire la un refuz din partea lui.

Când contele a rămas singur, a hotărât să plece într-o plimbare pe jos, în munți. Apeninii erau încântători în iunie. A uitat însă să mai caute specimene rare de flori sau vreo pasăre colorată. S-a așezat pe o stâncă și a început să privească în tăcere cerul. Era albastru pentru toți și pe toți îi acoperea la fel. Deci și pe el și pe Barbara Colonna.

În privința acesteia se hotărâse. Dorea să o ceară în căsătorie cât mai curând. Alesese cu câteva zile înainte, din caseta mamei sale, un inel frumos cu piatră albă, diamant micuț cu mii de ape.

Apoi se gândi când ar putea face pasul cel mare, într-o duminică ar fi cel mai bine, și-a răspuns el.

În ziua cu pricina, se hotărî să nu se ducă la biserică, ci doar să se prezinte seara la familia Colonna. „Poate chiar duminica aceasta", cugetă el, ridicându-se și îndreptându-se către râul Basenta, care străbătea orașul și întreaga depresiune. Era atâta liniște lângă apă. Nicio broască nu se auzea. Căldura le ascundea sub plantele de apă sau pe sub frunze. Uneori, se mai auzea câte un clinchet în apă, semn că unele doreau să se scalde.

Doar contele și întreaga natură hotărau soarta lui.

În duminica aleasă, mătușa l-a întâmpinat întrebându-l de lipsa lui de la biserică. Luigi a dat din cap și a zâmbit. Nu avea un răspuns.

- Barbara e în grădină. E mai răcoare. Poți s-o cauți și să veniți amândoi în sufragerie. Curând e gata cina. Trebuie să sosească și fratele meu în curând. Dar uite-l că vine.

Colonna a intrat cerându-și scuze că nu a fost acasă să-l primească așa cum se cuvine pe oaspete.

- Nu vă faceți griji, doamna a făcut onorurile foarte bine, mulțumesc, a zis contele. Acum am fost invitat în grădină să o aduc pe fiica dumneavoastră în casă pentru cină.

- Desigur, desigur, nu o să găseşti niciodată o fire mai romantică decât a fetei mele. Stă şi miroase o floare câte un ceas. Du-te, du-te. Nu te opresc, a zis Colonna uitându-se la sora lui şi înţelegând.

Luigi a ieşit pe terasa din spatele casei şi a încercat s-o zărească pe Barbara. Era exact aşa cum o descrisese tatăl său, într-un vis cu o floare în mână. A coborât încet şi a fost văzut exact când a ajuns aproape.

- Ah, domnule, m-aţi speriat. Nu eram atentă, nu v-am văzut, îngăimă fata zâmbind.

- Eu, în schimb, v-am văzut visând şi mi-a plăcut. Sigur vă place natura.

- Da, îmi place, chiar dacă nu am călătorit atât de mult ca dumneavoastră. Vă invidiez pentru această dorinţă împlinită. Aţi riscat atâtea boli în ţările acelea îndepărtate.

- Dar a meritat efortul, am acasă o mulţime de relicve care să îmi aducă aminte de vremurile în care cutreieram nestingherit de probleme materiale sau sufleteşti.

Contele îi luase mâna fetei într-a lui, mirosind floarea pe care ea o avusese în mână. Barbara tremura de emoţie pentru că mâna ei stătea, fără pauză, în mâna lui caldă şi fină.

- Am lipsit astăzi cu un scop de la slujba de dimineaţă, a rupt tăcerea contele. M-am hotărât să fac o schimbare în viaţa mea, o schimbare care depinde doar de dumneata, Barbara. Am venit să te întreb dacă vrei să fii a mea în faţa lumii şi a bisericii. Avere nu am prea multă, dar ne vom descurca onorabil, ştiu asta de la avocatul meu. Mai am şi un titlu care în această epocă revoluţionară nu ştiu dacă mai are vreo însemnătate, mai ales că tu ai crescut altfel. Nu vreau un răspuns astăzi, pot să aştept, cu toate că, îţi mărturisesc, aşteptarea ar fi un chin firesc, aş spune.

- Da, se auzi strigând Barbara. Da, îţi voi fi soţie din toată inima mea. Mai presus de ce spune societatea din care facem parte sau, mai bine zis, din care eu nu fac parte. Tu eşti conte, eu sunt doar o burgheză.

- Cum? Nu pot să cred că e adevărat. Mă iubeşti cum te iubesc şi eu? a întrebat contele uimit.

- Da, te iubesc aşa cum mă iubeşti şi tu, a zis Barbara.

- Ce fericire, a strigat Randazzi, căutând prin buzunare cutia şi desfăcând-o. Acest inel să ne pecetluiască logodna în această zi minunată din luna iunie a lui 1834.

- Luigi, ce inel minunat! Să mergem la tata. Să-i spunem despre acest act sublim petrecut în grădina mea. Speram să se întâmple, tremuram după clipa aceasta, continuă fata, urcând scările terasei de mână cu Randazzi.

- Tată, tată, strigă ea fericită, respirând anevoie... Contele m-a cerut de soție, iar eu am acceptat. Uite inelul, mătușă. Ce ziceți?

- O veste neașteptată care mă bucură, fata mea. Aveți binecuvântarea mea totală. Nu am nimic împotrivă. Un copil am și vreau să fie fericit. Sper ca mama ta să ne privească de sus și să vă binecuvânteze și ea. Felicitări, conte. Nu ai ales rău, doar că va trebui să nu ții seama de ce zice lumea din care provii.

- Și, acum, la masă. Trebuie să sărbătorim, a spus Agnes, intrând prima în sufragerie, urmată de ceilalți trei.

Vestea logodnei a stârnit păreri diferite în Potenza. Unii erau de părere că amândoi se vânează reciproc, unul averea, altul titlul nobiliar. Dar cei doi proaspeți logodnici nu țineau cont de aceste bârfe. Din prima clipă au fost pregătiți să facă față răutăților lumii în care trăiau. Surorile lui Randazzi s-au bucurat la unison pentru fratele lor. Au stârnit uluirea orașului când au sosit la palatul Randazzi cu familiile lor, cu toții începând pregătirile pentru nunta de la mijlocul lui august.

S-a dat anunțul și în ziar, confirmarea negru pe alb a căsătoriei din august. Se auzeau deja voci care spuneau cât de scump va fi trusoul miresei și cât de mare va fi zestrea ei, făcându-l pe Colonna să râdă în hohote. Este adevărat că Barbara fusese din nou în capitală, unde și-a făcut rochia de mireasă, dar și contele apelase la cel mai bun croitor din oraș, deci de aici șoaptele. Toți așteptau clopotele de nuntă cu o curiozitate maximă. O femeie fără rang devenea contesă. Se cuvenea apoi să fie primită în saloanele onorabile din oraș? Era o problemă importantă de discutat.

Logodnicilor nu le-a păsat defel, petrecându-și luna iulie la țară, la proprietatea contelui, departe de lumea prea vorbăreață a Potenzei. Barbara studia cărțile din biblioteca lui Luigi, iar acesta era încântat să i le arate, mai ales pe cele exotice, aduse din țările unde își pierduse aproape toată tinerețea. Lampedusa acceptă rolul de cavaler de onoare, spre bucuria celor doi, dând astfel credibilitate mai mare viitoarei perechi căsătorite.

Cu o săptămână înainte de nuntă, toată lumea s-a întors în capitala Basilicatei pentru a se pregăti de ceremonia religioasă. Cele două case au fost împodobite cu flori în cascadă, iar biserica cea mai mare, San Gerardo, de abia aștepta evenimentul, plină de decorațiuni, funde și panglici, la fiecare bancă a ei. Cu o seară înainte fusese împânzită de flori albe și roșii, care te amețeau cu mirosul lor. Toate așteptau dimineața de 14 august 1834 pentru ceremonia dintre cei doi viitori soți.

Când mireasa a ieșit din casă și a urcat scările trăsurii, bârfele au încetat. Ieșise o frumusețe de fată. Un boboc de fată care de abia aștepta să înflorească. Lumea adunată striga urări de bine, felicitând-o pe Barbara, ca pe o minune a orașului Potenza despachetată dintr-o cutie de cadouri.

Fata zâmbea, alături de rudele sale, ținând strâns în mâini buchetul de trandafiri albi culeși din grădina casei Colonna.

Astfel, cei doi și-au unit destinele în fața întregii comunități, care a observat cu uimire că pe fețele celor doi miri se citea iubirea adevărată și nu vreun interes anume. Contele a promis surorilor sale tihnă, fără urmă de călătorii periculoase, acum că nu mai era singur. Luigi a promis din nou să nu iasă din Regatul celor două Sicilii, decât dacă soția lui ar fi mers cu el. Colonna l-a consolat și el, spunându-i ca era destul de văzut și în regat la ei.

Petrecerea a fost fastuoasă, la sfârșitul ei cei doi plecând în luna de miere la Napoli, lăsându-și rudele să aranjeze palatul conform statutului marital al contelui, de la care toată lumea aștepta nepoți cât mai curând. S-au angajat noi servitori, s-a redecorat casa cu mult gust, fără a-i schimba aerul minunat pe care-l degaja patina timpului. Fiecare s-a retras apoi la ale lui.

Multă vreme s-a vorbit despre această nuntă de la poalele Apeninilor. Acum, Colonna era un membru acceptat cu adevărat la Club, salutat de toți la fiecare vizită și, de ce nu, puțin invidiat. Obținuse ce dorise din toată inima, ba chiar mai mult, Luigi și Barbara se iubeau cu adevărat.

CAPITOLUL XVII

La Napoli, cei doi s-au cazat la un hotel minunat, care avea ferestrele către golf. A doua jumătate a lunii august a adus o vreme plăcută în oraş. Nu mai era acea căldură sufocantă pe care toţi o ocoleau, fugind la proprietăţile lor de la ţară.

Luigi şi Barbara se plimbau îndrăgostiţi pe aleile parcurilor sau pe malul apei. Erau exact ca doi pescăruşi care şi-au găsit locul pentru cuib. Deja culegeau nuieluşe pentru el.

Într-o dimineaţă, când plouase prea mult şi nu aveau posibilitatea de a ieşi la plimbare, au rămas în apartamentul lor de la hotel, privind valurile care se izbeau cu putere de stânci. Erau amândoi puţin melancolici, în faţa ferestrelor. Aveau o enciclopedie plină cu tot felul de lucruri exotice pe care contele o luase cu el pentru momente ca acesta, când nu puteau ieşi din cauza vremii urâte.

- Luigi, uite-te în faţa ta, strigă Barbara şi chipul i se însenină. Vezi cele două stânci unite prin acel drumeag din piatră? Nu am mai văzut aşa ceva. Tata avea dreptate, nu ai nevoie să pleci din Napoli ca să rămâi surprins de ce vezi.

- Este vechea Euplea, scumpa mea, acum îi spune Goiola. Acum mii de ani era unită cu oraşul, dar valurile au rupt drumul, lăsând-o suspendată în apă, atât de aproape de ţărm.

- Dar este minunată, mi se pare romantic, oare se poate vizita? Are vreun proprietar? Aparţine regelui?

- Prea multe întrebări. Se vede că îţi place şi te atrage cu adevărat. Cred că vrei să urci pe cele două stânci şi mai cred că pasarela te ademeneşte.

- Este interesant, într-adevăr. Când va fi soare, poate găsim o barcă să ne ducă acolo. Nu se vede că ar fi locuită. Am putea s-o cercetăm în tihnă.

- Barbara, ţie chiar ţi-a trezit interesul. O să văd ce pot să fac în ultima noastră săptămână aici. A trecut atât de repede, curând ne vom întoarce la Potenza. O să ne fie dor de oraşul Napoli, acolo la noi, unde Apeninii suflă vântul mai tare şi mai rece. Dar suntem fericiţi şi nu are decât să sufle cât vrea. Lemne de foc vor fi, iar iubirea noastră ne va arde transformându-ne în jar.

A doua zi de dimineață, după micul dejun, contele a coborât pe faleză, dornic să afle mai multe despre stâncile acelea din golf. S-a apropiat de câteva bărci, care se pregăteau să pornească în larg, timpul nemaifiind capricios. Pentru câteva monede a găsit pescari dornici să spună povești ciudate și pline de mister despre Goiola.

- Domnule, stânca nu e locuită de nimeni. A fost acum multă vreme. După ce casa de lângă mal a fost demolată, primarul a interzis oamenilor să urce pe ele. Dacă doriți să mergeți acolo, vă trebuie o autorizație de vizitare ca turiști și nu pentru mult timp. Dar, sincer, tinere, nu am auzit pe nimeni să ceară așa ceva, darămite să urce Goiola.

- Mulțumesc pentru ceea ce mi-ați spus, oameni buni. Mai stau doar câteva zile aici și mi-ar plăcea să obțin această autorizație de vizitare. Soția mea este curioasă și ea. Mă duc acum spre primărie. Poate că voi găsi pe cineva.

Luigi a salutat, le-a urat pescuit bogat oamenilor acelora cumsecade și s-a întors la hotel, unde contesa îl aștepta cu nerăbdare să se întoarcă.

- Va trebui să merg la primărie. Insula este pustie și nimeni nu are dreptul să urce pe ea. Deci, ne trebuie o autorizație cât mai repede, curând plecăm acasă.

- Ai putea s-o obții astăzi, pentru mâine?, a întrebat direct Barbara.

Soțul a râs de spontaneitatea soției sale, și-a luat pălăria și a plecat să facă în așa fel ca acel mâine să fie într-adevăr îndeplinit.

Primar al orașului era pe atunci ginerele lui Marcelo Desimone, Frederico Desimone, cel căsătorit cu Maria, prietena din copilărie a Biancăi Lanza. Cuplul avea trei copii, mari, desigur. Maria născuse primul copil înaintea Biancăi, care-l născuse pe Stefano într-un sfârșit de toamnă, pe ascuns, cu 32 de ani în urmă. Cele două prietene au ținut legătura în societate și după căsătoria fetei ducelui de Lanza, dar nu la fel de afectuoasă și de înflăcărată cum fusese în școală. Sigur, când Bianca a murit, Maria a plâns din tot sufletul ei, privind la copilul acela în haine cernite și judecându-se aspru pentru răceala dintre ea și prietena ei.

Deci contele Randazzi avea de a face cu soțul Mariei, el era primarul, dar cei doi nu se cunoșteau. Așa că a intrat în primărie, iar după un sfert de ceas, când a fost chemat, și-a spus foarte firesc dorința.

- Domnule conte, a spus Desimone, nu-mi amintesc să mai fi fost vreodată o cerere ca aceasta. Nici pe când unchiul meu era primar, Domnul să-l aibă în pază. Dacă e pentru turism și este o vizită particulară, pot să vă dau o hârtie. Dar nu pentru mai mult de două ore. Oricum, nici nu cred că ați avea ce face pe acea stâncă goală. O să vă ducă o barcă acolo, care vă va aștepta la un fel de debarcader surpat. A fost locuită în trecutul îndepărtat. Povestea ei, pentru că are o poveste, spune că Goiola este blestemată şi că era pe vremuri locul de întâlnire al vrăjitoarelor. Nu ştiu dacă din cauza aceasta a rămas pustie. Dar, oricum, nu este voie a se clădi ceva acolo fără autorizaţie regală.

- Nu-mi doresc decât s-o văd acum. De construit nu este cazul. Avem două palate goale în Potenza. De abia m-am căsătorit cu soţia mea. Ar fi un cadou minunat pentru ea. A zărit stâncile de la fereastra hotelului în care stăm de ceva vreme în luna de miere.

- Deci, acum trebuie să felicit pentru acest eveniment tânărul cuplu, dar trebuie să o fac şi pentru că aţi obţinut ceva de nemaiauzit, o liberă trecere pe stâncile acelea. Vă rog doar să fiţi atenţi la trecerea aeriană dintre ele. Cu siguranţă doamna contesă are spirit cuceritor şi nu va ezita să se avânte de pe o stâncă pe alta.

Primarul i-a înmânat contelui documentul, mirându-se de o asemenea cerere, care nu-i mai fusese făcută niciodată în trecut. S-a gândit la tinereţea lui, de mult apusă şi la frumoşii lui copii, care aveau cam vârsta contelui Randazzi. Apoi şi-a zis că el nu ar urca niciodată acolo, atât de aproape de ţărm şi totuşi într-un loc atât de singuratic.

După plecarea solicitantului, se gândi să plece şi el acasă. Stătea aproape de primărie. Trebuia să-i spună Mariei despre întâlnirea ciudată pe care o avusese în serviciul pe care-l deţinea de atât de multă vreme.

În ceea ce-l priveşte pe Luigi, acesta s-a dus glonţ către hotel cu vestea cea mare. Timp de două ore se putea numi din nou un explorator. Nu mai trăise de mult o aventură, iar Goiola, părăsită de atât de multă vreme, părea una.

Barbara s-a bucurat bătând din palmele ei micuţe de programul de a doua zi.

- Vom avea parte de un final de lună de miere perfect, a spus ea, privind de la fereastră stâncile. O insulă doar pentru noi doi. Este ceva magic. Sper să nu plouă, să putem privi fără oprelişti şi neplăceri.

De cealaltă parte, eroul povestirii noastre îşi ducea viaţa la fel, uneori cu Tinio, alteori singur. Nu putem spune că era bolnav, însă rămăsese de multă vreme cu o tuse din adâncul pieptului, urmă lăsată de o răceală mai serioasă. Refuza ajutorul vreunui spiţer. Credea că o să-i treacă de la sine. Avea aproape 32 de ani în acel septembrie călduţ. Viaţa lui era la fel, cu nimic schimbată. Învăţase atât de bine lecţia supravieţuirii, încât nici nu-şi dădea seama cât este de diferit de ceilalţi oameni, sau chiar de el însuşi, cel de acum mulţi ani.

Aşa că, în ziua în care contele şi contesa plănuiau vizita pe stânca nelocuită, Stefano usca peşte la soare pentru iarnă. Era liniştit şi îşi vedea de treabă cu sârguinţă. Nu auzise niciun zgomot suspect în apă, nici vâsle, nici glas de om. Pe Tinio nu-l aştepta decât spre seară. Era preocupat să termine cu peştii pentru a merge în templul zeiţei şi a face puţină ordine.

Stând întors cu faţa spre lucrul său, Stefano a auzit vorbele vizitatorilor ca prin vis. Nici nu s-a mişcat. Nu putea fi adevărat, însă nici vedenii sau auzenii nu avusese până acum. A hotărât să tragă cu ochiul la ce se petrece în spatele lui. Mare i-a fost mirarea când a văzut o pereche, soţ şi soţie, urcând treptele vechiului debarcader. Erau amândoi dornici de nou, cu feţele pline de curiozitate.

„Au îndrăznit... E stânca primăriei, nu a mea. Iar eu care credeam că blestemul mă va ocroti veşnic. Ce nebun am fost", şi-a zis Stefano.

Cu sângele clocotind în vene, Stefano s-a ridicat şi s-a întors cu faţa neagră ca noaptea fără stele. Tânăra a scos un strigăt de uimire când a văzut că locul acela este locuit de acel om îmbrăcat sărăcăcios, dar destul de curat.

Perechea a rămas pe loc privind la Stefano. Acesta a venit către ei, s-a înclinat şi a zis plin de dispreţ:

- Poftiţi aici, în umila mea casă. Locuiesc de mult timp pe insulă, dar e prima dată când mi se face cinstea de a avea oaspeţi.

- Locuiţi aici clandestin? a întrebat contele. Noi avem un act care ne dă voie la doar două ore pe această insulă. Cum staţi aici? Nimeni nu mi-a spus nimic.

- Pentru că nimeni nu ştie de mine. Pentru că a fost singura ascunzătoare aproape de Napoli care mi s-a părut prea evidentă pentru a fi găsită. Ani la rând am privit bărcile cum ocolesc Goiola. Aţi venit însoţiţi...

- O barcă ne aşteaptă lângă debarcader. Însă oamenii nu au voie sus. Suntem doar noi doi.

- Văd. Nu e un loc prea mare. Îmi puteţi spune cine sunteţi?, dacă nu cer prea mult.

- Suntem soţ şi soţie, conţii Randazzi din Potenza, Basilicata. Iar dumneata nu pari un cerşetor amărât.

- Nici nu sunt, a fost o alegere, nu o pedeapsă, nu banii au fost problema la vremea aceea, a zis Stefano, începând să tuşească.

- Sunteţi bolnav, domnule, a zis contesa.

- Imediat o să-mi treacă, nu e decât o tuse ce mă sâcâie de ceva vreme.

- Ştiţi că de acum încolo secretul nu mai poate fi păstrat, a zis contele către ocupantul stâncii.

- Da, cred că trebuia să mă pregătesc de mult pentru o asemenea vizită, care mi-ar putea hotărî soarta. Însă am tot amânat gândul până a devenit realitate. Numele meu este Stefano şi nu vă întind mâna, e murdară. Îmi pregăteam peştele pentru iarnă. Această insulă foarte veche este blestemată, a continuat el. În trecut se ţineau aici, în anumite nopţi, ritualuri magice. De aceea este ocolită. Am ştiut acest lucru, de aceea mi-am făcut-o casă de 14 ani, pentru că şi eu şi ea suntem blestemaţi. Blestemul meu curge din cauza familiei mele. Ştiu cine sunt, iar rudele mele trăiesc. Eu ştiu unde stau ele, dar nimeni nu ştie unde îmi duc eu viaţa. La rândul meu, blestem pe cei care îmi stau în cale, am luat duhul stâncii în sufletul meu. Doi oameni au murit pentru că aşa am gândit. Nu sunt om rău, dar răspund când cineva îmi stă în cale. Asta este tot ce vă pot spune despre mine.

- Cred că în faţa autorităţilor o să spui mai multe, Stefano, i-a răspuns contesa calm.

- Da, cred că o să se afle tot ce încerc să ascund de când m-am născut, acum 32 de ani. Dar nu o să fie ruşinea mea, ci a altora.

- A familiei tale, presupun, a continuat Barbara dialogul.

- Exact, doamnă, aveţi dreptate. Va trebui să fiu pus în anumite drepturi. Dar nici că-mi pasă de ele. Părinţi nu mai am, doar trei fraţi şi un tată vitreg, care ştie de mine de la naştere şi poate mai înainte de aceasta şi care este o persoană minunată. Mi-ar plăcea să-l cunosc de aproape.

- Eşti nobil, să înţeleg, a dedus contele.

- Da, aş fi putut să fiu un mare nobil, un mare conducător de casă, dar se pare că altul a fost planul. Aţi putea pleca acum, mi-aţi face o mare favoare. Am vorbit prea mult şi simt că de acum tot aşa o s-o ţin.

- Da, sigur, cum doreşti. Nici noi nu mai vrem să vedem stânca. Dar cred că alţii vor veni curând la tine, a terminat Randazzi.

- Îi aştept de acum. Să vină. Cu bine, vă las în pace. Aveţi grijă la coborâre. Cad pietre.

Această experienţă îi amuţi pe cei doi în barcă la întoarcere. Au plătit vâslaşii şi au intrat în hotel. Nu peste mult timp, contele a urcat din nou treptele primăriei, cerând o audienţă în aceeaşi zi.

CAPITOLUL XVIII

- Domnule, a spus primarul, ce onoare. Îmi faceţi o a doua vizită, doriţi să-mi povestiţi despre ce aţi văzut pe stâncă? Sper că două ore au fost suficiente.

- Ce am văzut pe insulă, domnule primar, m-a şocat pe mine şi pe soţia mea. Este locuită de un nobil. El spune că stă acolo de 14 ani. E bolnav, tuşeşte. Sunt nedumerit că nimeni din autorităţile acestui oraş-capitală a regatului nu a trimis un jandarm acolo în atât de mult timp. Omul este în toate minţile. Nici nu am vizitat Goiola. Timpul l-am petrecut vorbind cu el. Spune că este blestemat de familie, dat la o parte, şi că insula e la fel de neagră ca fierul. A spus că, din cauza gândurilor sale, doi oameni au murit pentru că i-au stat împotrivă cu mulţi ani în urmă. E încă tânăr şi spune că îşi apreciază tatăl vitreg, care mai este încă în viaţă. E paşnic şi nu face nimănui niciun rău. E doar un suflet chinuit, după cugetul meu. Nu am fost indiscret, nu l-am întrebat nimic despre nume sau părinţi sau alte rude. Nu e treaba mea, însă mie mi-a plăcut mult locul. O casă ar fi minunată acolo. Nu cred în blestem.

- Domnule, asta trebuie cerută regelui, nu mie, dar nu acesta este subiectul... vorbiţi-mi, domnule, despre acel om.

- Luaţi-l cu binişorul şi veţi afla totul de la el. Eu am spus tot ceea ce ştiu despre el. Se vede că are educaţie, chiar şi după 14 ani pe acea insulă. E destul de curat şi bine îmbrăcat pentru cineva care nu a mai coborât în lume de mult timp.

După plecarea celor doi, Stefano s-a aşezat tăcut pe o stâncă şi a rămas aşa, până când l-a găsit Tinio.

- Stefano, mi s-a părut mie, sau am văzut o barcă legată de Goiola?, alta decât a mea, mult mai vizibilă.

- Da, cred că pot să-mi iau adio de la casa mea. Am avut doi vizitatori din Potenza, aceştia şi-au dorit să-şi încheie luna de miere aici. Şi au dat de mine. Cu siguranţă sunt la primărie acum. Îmi trăiesc ultimele clipe de linişte. Mă bucur că ai venit devreme.

- Era de aşteptat un asemenea act. Chiar şi după 14 ani. Trebuia să facă pasul acesta inevitabil cineva. Îţi dai seama că am dreptate. Nu puteai ajunge la vârsta mea pentru nimic în lume fără a avea vizitatori pe aici. E totuşi mult prea aproape.

Stefano a dat din cap a încuviinţare, începând să tuşească tare.

-	Trebuie	să	iei medicamente. Ţi le vor da ei când vei ajunge în Napoli, adică acasă. Dacă vrei, poţi locui la mine. Ştii că stau singur... dar poate vrei să stai cu ai tăi.

- Cred că ultimul lucru nu e bun. Voi fi ca un intrus acolo, ca un ghimpe, poate.

- Sau poate că nu, poate vei căpăta iubirea pe care nu ai avut-o toată viaţa. O vrei? Doreşti să fii nobil? Călugăr nu ai fost niciodată. Te vor debarasa de această funcţie. Nu vrei să mâncăm? Ţi-ar prinde bine şi mie la fel.

- Vino atunci, Tinio, să luam ultima masă aici pe stânca aceasta nemuritoare, până nu vin. Am peşte proaspăt cu pâine nedospită şi mere. O să-ţi placă această masă. Şi mie la fel.

Cei doi au mâncat nestingheriţi. În seara aceea s-au despărţit repede. Nu puteau vorbi, se rupsese ceva între ei, era o durere care nu putea ieşi din sufletele lor pentru a fi rostită.

Tinio se îndrepta către barca lui, dar s-a oprit când a văzut 4 oameni urcând. Pe unul îl cunoştea din vedere, dar nu ştia cine este.

- Stai pe loc, domnule. Tu eşti cel ce locuieşti aici? Tinio a ridicat mâna să răspundă, dar a făcut-o Stefano.

- Nu, eu sunt persoana pe care o căutaţi. El îmi este prieten de singurătate. Nu stă pe insulă.

- Domnule, aţi primit o vizită astăzi, a contelui Randazzi şi a soţiei acestuia. Şi de aceea sunt aici. Sunt primarul acestui oraş. Mă numesc Frederico Desimone. Am venit să vă cer unele informaţii şi să vă rog să părăsiţi insula. Să înţeleg că domnul vă este prieten?, a continuat Desimone, arătând către Tinio. Dacă este aşa, să rămână şi el cu dumneata. Puteţi, vă rog, să vă povestiţi viaţa? Un interogatoriu este neplăcut pentru mine în acest moment şi cred că ne putem înţelege.

Stefano a încuviinţat din cap şi i-a invitat pe toţi să se aşeze:

- M-am născut în 1802, în noiembrie, dintr-o legătură nefericită şi consumată doar o dată. Tatăl meu s-a răzbunat pe familia mamei mele, dezonorându-le fiica. Însă această dezonoare nu este cunoscută şi nu a adus atingere familiei. Sunt fiul Biancăi Lanza, căsătorită cu contele Pallavicino imediat după naşterea mea nefericită, şi al marchizului Arturo Sanseverino. Am fost adus pe lume într-o casă, departe de oraş, o proprietate de la ţară a ducelui de Lanza. Mama m-a dat imediat călugărilor, pe care bunicul meu i-a convins, cu influenţa şi cu banii lui, să mă ia şi să mă crească, urmând a deveni om al lui Dumnezeu când voi creşte. Aceştia au promis să nu spună nimic. Am crescut fără să-mi pun multe întrebări la mănăstirea Sfintei Cecilia, chiar aici în Napoli, nimeni în afara bătrânului duce neştiind de mine. Stareţul mi-a fost şi mamă şi tată

95

şi, într-un fel, am fost fericit, până când am început să pun întrebări. Părintele Francisc şi-a călcat jurământul şi mi-a mărturisit tot. Mi-a dat o scrisoare a mamei, de dinainte de a mă naşte, şi două inele aparţinând părinţilor mei. M-am dus la mormântul mamei, unde am plâns din toată inima. Apoi am mers la soţul ei, contele, unde am fost bine primit şi unde mi-am cunoscut şi fratele, pe Benedetto. Următoarea vizită am făcut-o la tatăl meu, unde nu am fost primit bine. Nu mi-am cunoscut ceilalţi fraţi. Cred că nu erau acasă. Tata a murit după câteva luni de la vizita mea. Se spune că se apucase de băutură, dar a murit din cauza blestemului meu. M-am călugărit dar, neiubindu-l pe Dumnezeu ca un om care lasă totul pentru el, am hotărât să fug. Să-mi caut calea mea de unul singur. Şi am ales Goiola. Stareţul a fost singurul care a ştiut şi care a încercat să mă oprească, nereuşind de altfel. Înainte de a mă urca aici am mai vizitat mormintele părinţilor mei, blestemând totul. În mormintele părinţilor mei veţi da de două cutii cu două inele şi câteva cuvinte de blestem pentru cei curioşi, cum a fost paznicul care a scormonit pământul şi a luat cutiile, deschizându-le, apoi punându-le la loc speriat.

- Nu pot să cred ce-mi spui, domnule. Dar o să verificăm la mănăstire şi la cimitir. Poţi rămâne aici până terminăm cercetările. Şi prietenul tău la fel. Însă doi oameni vor rămâne drept companie a voastră. Ne întoarcem curând. E cel mai bine pentru toată lumea să fim cât mai discreţi şi rapizi cu putinţă.

Primarul a plecat curând, după ce a salutat respectuos. Liniştea s-a aşternut odată cu stelele pe cer. Desimone a mers întâi la cimitir, unde paznicul a pălit când a auzit de dorinţa primarului.

- Domnule, cele două morminte sunt blestemate. Au înăuntru două cutii. Tata, înainte de a muri, m-a pus să jur că nu voi scormoni niciodată pământul. De atunci am mare grijă de acest lucru. Tata a spus că moartea lui a fost cauzată de curiozitate. A stat şi a pândit un tânăr care a îngropat cele două cutii. După ce a plecat, tata a deschis cutiile şi a citit scrisoare, apoi le-a pus imediat la loc.

- Dezgropaţi cutiile, a poruncit primarul celor ce îl însoţeau.

Curând oamenii au venit cu două cutii neputrezite, în care Desimone a găsit biletele şi inelele, precum spusese Stefano.

- Astupaţi la loc, iar tu să nu spui nimănui ce ai văzut în această seară, e spre binele tău, a zis primarul către paznic.

- Nu. Secretul este bine păstrat de atât de mult timp încât nu va fi nicio problemă.

- Te cred. Rămâi cu bine acum. La mănăstirea Sfintei Cecilia. Mână, birjar, a strigat primarul, plecând alături de suita lui.

Aici era deja aşteptat. Chilia fostului stareţ era descuiată şi luminată. Stareţul actual scosese pe masă toate lucrurile părintelui Francisc, aşteptându-l pe primar. Nu mai avusese niciodată o asemenea vizită, la o asemenea oră. Când primarul a ajuns condus de un călugăr, stareţul l-a salutat şi i-a arătat masa.

- Cunoşti de existenţa unui anume frate Stefano? a întrebat Desimone direct.

- A trăit unul printre noi, dar a murit de mult, în drum spre Roma. Părintele Francisc îl ocrotea. Nu era călugăr adevărat. Fusese adus la câteva zile de la naştere şi crescut aici. Era cineva care trebuia ţinut între zidurile mănăstirii. Rar ieşea. În jurul lui era ţesută o ceaţă pe care doar stareţul ştia să o risipească.

- Nu e mort şi nu a fost la Roma. A fost doar un pretext pentru a părăsi abaţia, i-a răspuns sec primarul.

Noul stareţ a făcut ochii mari, fără să răspundă, în timp ce edilul oraşului a început să răsfoiască însemnările părintelui Francisc.

- Vrei să vezi cum ceaţa dispare, părinte? a întrebat el, făcându-l pe stareţ să tresară pe scaunul lui. Citeşte cu mine: „Stefano, fiul Biancăi Lanza şi al cumnatului său, Arturo Sanseverino, mi-a fost încredinţat mie de către tatăl femeii, ducele de Lanza, chiar din primele zile. Nu am dus niciodată lipsă de bani din partea lui. Dar eu i-am păstrat în mare parte. Traiul în mănăstire e mai simplu decât într-un palat."

- Vin de la cimitir. Stefano a îngropat inelele părinţilor săi, alături de un blestem, în pământul de deasupra sicrielor în care stau aceştia. Îşi cunoaşte tatăl vitreg şi pe fiul acestuia. Vreau să faci tot ce este de cuviinţă ca Stefano să nu mai fie călugăr.

- Dar e mort, domnule primar. Ce putem face mai mult? Ce mai putem dezgropa?

După ce s-a gândit bine, Desimone a răspuns:

- Ai dreptate, părinte. Nimeni nu ştie cine este cu adevărat. Dacă eu iau toate aceste însemnări ale înaintaşului dumitale, putem scoate un fiu regăsit, dar în niciun caz un călugăr. Iar tu vei păstra secretul, exact ca părintele Francisc înaintea ta.

- Voi face exact aşa cum veţi dori, a spus stareţul. E greu în zilele noastre să obţii linişte.

Încărcaţi de hârtii, oaspeţii mănăstirii au dispărut în noapte către primărie, unde au pus hârtiile în seiful primarului. Desimone a avut timp, în sfârşit, să trimită un om la el acasă să-i spună soţiei sale că nu ştie când ajunge, ceva foarte important îl întârzie.

Apoi, primarul o porni spre golf. Privi stelele pe cerul senin al toamnei şi se gândi la un final al acestei poveşti.

97

CAPITOLUL XIX

Barca primarului a ajuns la vechiul debarcader al stâncii în câteva momente. S-a urcat, iar ochii lui şi ai lui Stefano s-au întâlnit imediat. Desimone s-a dus către fiul rătăcit al clasei nobiliare napolitane şi i-a spus:

- Am găsit cutiile şi tot conţinutul lor. Sper acum că nu voi muri de vreun blestem, a spus în glumă acesta. Cutiile au rezistat, ai ştiut să alegi lemnul şi te felicit. Într-adevăr, nu ai minţit. Acum mai vreau doar ca familiile implicate să vină pe Goiola. Acum, pentru a nu stârni vâlvă.

- Noaptea acoperă toate păcatele, a zis Stefano.

- Se poate spune şi aşa. Soţia mea a fost în trecut colegă de şcoală cu mama ta. Bianca a participat la nunta noastră. Erau cele mai bune prietene şi, totuşi, nu i-a pomenit niciodată de tine. Şi cele două femei au născut primul copil la date apropiate una de alta. Ne-am dus şi la înmormântarea ei. Era un înger de femeie, mereu roasă de o plagă pe dinăuntru. Acum ştiu că îşi făcea reproşuri şi procese de conştiinţă din cauza ta. Cred că a tânjit după tine. Nu o judeca prea dur, a greşit şi nu a putut îndrepta lucrurile. Şi tatăl său, răposatul duce, zâmbea foarte rar, mâncat de păcat poate.

Primarul a dat ordin ca actualul duce de Lanza, Andrea, contele Pallavicino şi tânărul marchiz Sanseverino să fie aduşi de urgenţă de unde se găseau, pentru o confruntare finală.

Apoi s-au pus pe aşteptat. Stefano stătea tot lângă Tinio, care era trist, pentru că, intrând în altă lume, care nu era a lui, nu-şi va mai putea vedea prietenul.

- O să te vizitez eu, nu pot să te uit şi să te las. Poate că nu în fiecare zi, dar oricum o dată la câteva zile, cu siguranţă. Însemni mult pentru mine, a zis Stefano, începând să tuşească.

- Ai nevoie de un medic pe ţărm, a spus Tinio înduioşat. Mulţumesc pentru cuvintele tale. Ai o inimă bună. Sigur vom fi prieteni. Nici tu nu te poţi acomoda acolo din primul moment.

- Mă întreb, Tinio, dacă insula va mai avea stăpân, după mine. Dacă cineva va mai curăţa locul. Plantele mele o sa moară, cu siguranţă. Mă doare sufletul pentru atâta muncă, acum dovedită în zadar.

- Lasă-l pe Dumnezeu să hotărască lucrurile. Te frămânţi degeaba, i-a spus Tinio.

- Ai mare dreptate, prietene, a spus Stefano. Dar, uite, două bărci vin spre Goiola. Nu le-a trebuit mult să-i găsească, cred că erau cu toţii acasă.

Cei doi prieteni au privit în tăcere cum cei trei bărbaţi au urcat la loc drept şi dădeau mâna cu primarul. Contele Pallavicino s-a uitat spre Stefano şi a strigat uimit:

- Fiule, nu mi-a venit în cap că o să pleci atunci şi o să stai atât de aproape de noi. Am sperat şi eu, dar şi Benedetto, că o să te întorci. Măcar din când în când.

- Deci îl recunoaşteţi Pallavicino pe acest bărbat.

- Desigur, ştiu toată povestea. Era în pântecele mamei sale când am cerut-o în căsătorie. După ce ducele rezolva trimiterea lui undeva, ne puteam uni destinele. Întotdeauna am iubit-o pe Bianca Lanza. Păcat că a plecat repede în ceruri. Dar am fost fericit în acel timp.

- Duce, a început primarul. Acest inel este al Biancăi, sora dumitale, îl recunoşti?

Andrea a luat inelul în mână şi a tresărit.

- Este al ei, l-am crezut pierdut, a răspuns el înmânând inelul primarului. Nici nu am ştiut de purtarea lui Arturo. Iar când s-a născut copilul meu nu înţelegeam de ce nu ne vizitează nimeni la ţară. Erau ocupaţi, acum înţeleg, să ascundă fapta cumnatului meu. Înseamnă că Gaetana e născută cam în acelaşi timp cu cel ce îmi este nepot. Pe mine însă acest tânăr nu m-a vizitat când a plecat din lume. Nu înţeleg de ce, dar e mult de atunci şi poate că sunt lucruri care trebuie lăsate nerostite.

- Domnule marchiz, mai'este un inel şi o scrisoare. Nu vă cer să recunoaşteţi inelul, nici nu eraţi născut. Cred că avem destule probe prin care să-l repunem în drepturi pe Stefano.

Matteo, uimit de tot ce se petrecea în jurul său, a răspuns:

- Dacă am putea repara totul, eu şi sora mea, am face-o. Dar faptele tatălui meu nu pot fi şterse din conştiinţa nimănui. Iar această scrisoare vorbeşte pe înţelesul tuturor.

- Să nu uităm, a intervenit Desimone, de hârtiile stareţului Francisc care l-a crescut pe Stefano la mănăstirea Sfânta Cecilia. Aceste hârtii sunt probe de nezdruncinat. Este cu adevărat fiul ducesei Bianca şi al marchizului Arturo Sanseverino. Şi, după cum observăm cu toţii, are nevoie de doctor. Prietenul său ne poate confirma.

Tinio a dat aprobator din cap, dar nu a spus nimic.

- Nu ne rămâne decât să mergem la primărie şi să semnăm cu toţii actele acestui domn şi să-i fixăm un domiciliu stabil, la unul din dumneavoastră. Din câte am înţeles de la Stefano, bătrânul duce i-a dat mulţi bani stareţului, care i-a dat mai departe tânărului, aproape intacţi.

- Şi îi am aici pe stâncă, a adăugat Stefano, uitându-se în jur. Îi aduc imediat.

- Bine, atunci, mergi după ei şi mai apoi să ne îndreptăm cu toţii spre bărci.

Stefano s-a aşezat alături de Tinio şi de contele Pallavicino. Acesta din urmă îşi luă fiul vitreg în braţe cu gingăşie.

- E un act destul de brusc pentru tine, dar o să te obişnuieşti cu noua ta viaţă. Nu e întotdeauna pace, ca pe Goiola, dar sper că o să-ţi placă.

- Sper şi eu. Altceva nu am de făcut.

Au coborât din barcă şi s-au îndreptat cu toţii spre primărie. Portarul s-a mirat de aşa o adunare, dar a tăcut şi şi-a văzut de treabă. Au ajuns la biroul lui Desimone, acesta din urmă începând să caute registrul de naşteri din anul 1802. A început să scrie, privit de toţi.

- Tinere, te-ai născut la 15 noiembrie 1802, în Lazarotte. Mama ta a fost Bianca Lanza, iar tată Arturo Sanseverino. Propun ca numele tău să fie Stefano Lanza de Sanseverino. Ambele nume adică. Dacă are cineva vreo obiecţie, să spună.

- Nu avem dreptul să avem obiecţii, Desimone, a spus Andrea, duce de Lanza. Să semnăm cu toţii şi să chemăm un medic.

- Dar domiciliul?, a întrebat primarul, completând datele, rând cu rând.

- Domiciliul va fi casa tatălui său, a spus hotărât Matteo Sanseverino. E natural aşa. Poate locui în toate casele rudelor sale, dar domiciliul va fi la palatul Sanseverino.

- Atunci aşa să fie, vă rog să semnaţi aceste exemplare, care sunt la fel de adevărate precum mă cheamă Desimone.

Toţi cei prezenţi în cabinetul edilului au semnat toate actele, mai puţin Stefano, care privea în tăcere. Până şi Tinio a semnat la urmă fiecare exemplar.

- Cred că solemnitatea acestui act a luat sfârşit. Domnule Stefano Lanza de Sanseverino, vă înmânez certificatul de naştere, inelele şi scrisoarea mamei dumneavoastră. Putem cu toţii să plecăm la casele noastre acum, în gând cu ideea săvârşirii unei fapte bune, îndreptarea adevărului pe calea lui.

În faţa clădirii, Tinio şi Stefano s-au îmbrăţişat, luându-şi rămas bun.

- Ştii unde mă găseşti, Stefano. Te voi aştepta să vii după ce te vei însănătoşi.

- O să vin, îţi promit, nu o să fii singur.

- Mulţumesc, cu bine acum.

După plecarea lui Tinio, toţi cei prezenţi l-au îmbrăţişat pe Stefano, care ameţise de atâta zarvă în jurul lui, se simţea rău. Când a rămas doar cu fratele lui, liniştea începuse să-l calmeze.

- Ştii unde stăm. Sunt căsătorit cu Federica Fontanegri şi avem o fetiţă de un an. Curând o să aibă un frăţior sau o surioară. La noi e în vizită sora Federicăi, Alice Fontanegri. Ea nu e căsătorită, e tânără şi frumoasă, are 23 de ani. O s-o cunoşti. O să-ţi placă.

- Pe rând ar fi mai bine, nu sunt obişnuit cu multă lume, mă înţelegi.

- Întru totul, frate. Nici nu primim atât de multă lume pe cât crezi.

Din vorbă în vorbă, au ajuns acasă, unde Federica îşi aştepta soţul. Acesta i-a povestit doamnei, în câteva cuvinte, totul.

- Bine ai venit în casa ta, Stefano, a spus ea zâmbind. Cred că o baie şi o cină ţi-ar trebui imediat.

- Şi un doctor, a adăugat Matteo, ieşind să trimită un slujitor după medicul casei.

- O să avem timp să vorbim pe îndelete de acum înainte, deci, te rog, urmează-l pe Antonio şi, când doctorul va veni, ne vom revedea. Sper să te adaptezi repede.

Antonio îl ajută pe Stefano să se spele şi să se îngrijească, îi rase barba şi mai apoi îi aduse haine noi, pe lângă cele de noapte. Stefano a mâncat în pat si apoi a adormit. Antonio nu s-a dezlipit de el decât când a venit doctorul.

Tânărul s-a trezit într-un acces de tuse care-l îngrijoră pe doctor. A prescris o reţetă şi s-a dus chiar el după ea. Federica îi făcu un ceai noului ei cumnat şi nu plecă la culcare decât când doctorul a adus medicamentele, iar Stefano a luat prima dată din ele, adormind imediat.

În câteva zile Stefano s-a întremat, căldura îl făcea să se simtă tare bine. S-a împrietenit cu Alice, care îi citea dintr-o carte care ei îi plăcea. De multe ori Stefano adormea, însă fata nu se oprea. După o săptămână, doctorul i-a permis să se dea jos din pat şi să facă scurte plimbări. Îşi primi rudele de câteva ori, făcu câteva incursiuni prin seră, era deja frig pentru un om slăbit ca el şi astfel că timpul trecea. Peste tot cu el, ca un înger păzitor, era Alice, care ajunsese să-l facă să zâmbească şi uneori să râdă.

După două săptămâni şi-a vizitat bătrânul prieten, care s-a bucurat nespus.

- Cred că de asta marea nu m-a lăsat să plec. Ştia că vii tu. Nici nu mai tuşeşti. Pari fericit.

- Poate că sunt, Tinio, dar nu ştiu să-ţi zic sigur. Nu am mai fost pus în situaţia „de a fi fericit", cum spui tu. Deocamdată plutesc în atenţia pe care mi-o acordă toţi.

102

- Tot oraşul ştie de tine, de fiul dispărut al marchizului Sanseverino. Cred că aceşti nobili vor să te vadă în saloanele lor.

- Nu prea curând, prietene. Îmi place să stau cu Alice, sora cumnatei mele. Mă educă, dacă pot spune aşa. Ştii că celălalt frate al meu se căsătoreşte în noiembrie, deci trebuie să mă comport bine. Însă tot îmi e dor de Goiola şi de viaţa mea de acolo. Îmi ajungea compania ta.

- Alice ai spus? O femeie? Îţi place?, a întrebat Tinio râzând.

- E prima care îmi acordă atenţie. Cred că îmi place. Vom fi pereche la nunta lui Benedetto.

- Mă bucur pentru tine. Poate te vei căsători şi vei avea copii. Meriţi tot ce e mai bun.

- Am o nepoţică mică de tot, e un bibelou de fată. E interesant ce mi se întâmplă. Am şi o verişoară, dar e măritată de mult. Toate rudele mele se bucură de apariţia mea, ceea ce este un lucru mare pentru mine. Am fraţi şi am şi o soră, sunt foarte îngrijit. Şi am şi o tovarăşă, precum ţi-am zis. În sfârşit, am o altă viaţă, a concluzionat el.

- Da, da, Alice, a râs Tinio încă o dată. Mi-ai spus despre ea. Va pleca acasă la părinţi după nuntă, bănuiesc.

- Da, cred că va pleca. Dar va mai veni, cu siguranţă.

- Acum, când ai un nume şi bani, cred şi eu că va veni. Eşti un peşte uşor de agăţat pentru ea, aşa neştiutor cum eşti. Femeile sunt nişte vulpi când îşi pun în gând ceva. Dar cred că nu trebuie să mai vorbim despre asta, vei vedea pe propria-ţi piele.
Rămâi cu bine, Stefano, aştept cu nerăbdare vizita ta următoare. Mă bucur că mi-ai văzut casa. Mie îmi place aşa cum este.

Stefano îşi îmbrăţişă bătrânul prieten, apoi se urcă în trăsură şi plecă spre casa tatălui său. Şi-a ales, după ce s-a însănătoşit, o cameră simplă, dar spaţioasă, la primul etaj, aproape de scările de primire. Şi acum, după atâtea săptămâni, se mai minuna coborând atâtea trepte, spre amuzamentul tuturor. Însă zâmbetele au cuprins casa când i s-a făcut costumul de gală pentru nunta lui Benedetto. Croitorul, renumit în Napoli, a venit acasă şi l-a ameţit pe Stefano cu cerinţele lui. Când acesta a scăpat de el, s-a considerat un om fericit. A refuzat mai apoi toate vizitele de probă, croitorul trebuind să se descurce singur. Nu i se mai întâmplase niciodată şi a doua zi tot oraşul ştia păţania. Cu toţii aşteptau nunta fiului contelui, pentru a-l vedea pe Stefano Lanza de Sanseverino pentru prima dată în public, în mod oficial.

În acea zi, clopotele domului din Napoli au bătut încă de dimineaţă, vestind căsătoria. Cei care aveau invitaţie erau consideraţi fericiţi, iar cei care nu aveau, stăteau pe ambele părţi ale străzii, pentru a încerca să vadă tot.

Imediat după prânz, alaiul a pornit, mirele ajungând primul, iar mai apoi mireasa, frumoasă ca o zână, în faţa domnişoarelor de onoare, la braţul tatălui său. Păcat că nu era şi Bianca să-şi vadă băieţii unul lângă altul. Amândoi arătau ca scoşi din vitrina unui magazin. Erau frumoşi. Lui Stefano, viaţa lui dinainte îi dădea un aer misterios. Era mai bronzat, iar ridurile de pe faţă mai pronunţate.

Plăcuse, se vedea pe feţele tuturor doamnelor care se uitau înciudate la Alice Fontanegti, care radia încântată la braţul lui Stefano. Era ca o păpuşă pe lângă el. Mamele deja şuşoteau împotriva surorilor Fontanegri, care îndrăzniseră să se lege de doi fraţi. Vedeau deja pecetluită relaţia dintre cei doi tineri necăsătoriţi. Doi fraţi Sanseverino, atât de frumoşi şi mai ales atât de bogaţi.

Nunta s-a terminat cu o surpriză pentru miri. De sus, de la cor, mii de petale de trandafiri au căzut peste tineri, surprinzându-i plăcut. Contele Pallavicino se ocupase îndeaproape de această surpriză.

Stefano a dansat pentru prima dată în faţa întregii săli de recepţie din palatul Pallavicino. O mai făcuse acasă cu Alice, dar atât. Învăţase destul de bine, spre plăcerea fetei, care nu-şi ascundea bucuria. Radia din toţi porii sângele nobil al părinţilor săi. Iar familia era încântată. Dar dimineaţa a venit repede şi, felicitând mirii încă o dată, fiecare a plecat acasă.

Acasă a plecat şi Alice, peste două zile, lăsându-l pe Stefano melancolic. Gândurile i-au fugit din nou spre Goiola, cea acum atât de singură. A mers într-o zi cu soare la mormântul părintelui Francisc, s-a rugat cum nu o mai făcuse demult şi a cerut înţelepciune. În rest, scria scrisori, primea scrisori şi aştepta nerăbdător Crăciunul, când Alice avea să vină din nou, cu părinţii de această dată.

Fratele său, Matteo, a început să-l iniţieze în afacerile familiei, Stefano dovedindu-se un bun învăţăcel.

- Trebuie să te căsătoreşti într-o bună zi şi să-ţi administrezi singur viaţa. Acum, cred că e puţin prea devreme, dar la anul pe vremea aceasta cred că e perfect.

- Nu am unde să cunosc femei, Matteo, femei care să-mi înţeleagă trecutul şi felul meu de a fi. Nu-mi plac saloanele, dansurile şi mesele îmbelşugate. Nu există o femeie pentru mine, am pierdut mulţi ani în faţa lumii în care trăiesc acum.

- Dar poţi recupera. Ai avut un ajutor până acum, i-a răspuns Matteo.

- Alice? Da, la ea te referi. Dar ea a fost doar bună şi caritabilă. Nu cred că s-a gândit vreodată la vreo relaţie cu mine. În fond, sunt un sălbatic.

- Dă-mi voie să te contrazic, ca un om de lume ce sunt. Cred că te iubeşte. Te-a îngrijit cu atât de mult devotament. Nu ai cum să-ţi dai seama, dar am făcut-o eu pentru tine. Şi, apoi, vă scrieţi destul de des.

Seara, Stefano a adormit nedumerit, dimineaţa, găsindu-l în aceeaşi stare. A luat trăsura şi s-a dus la contele Pallavicino. Acesta era singur. Benedetto plecase cu proaspăta lui soţie într-o excursie de plăcere.

- Mă bucur că ai venit. Casa e aşa pustie. Mă rog ca în curând să fie plină de copii. Să fie veselie, câini şi pisici peste tot, iar cei mici să alerge să-i prindă.

- Fratele meu crede că ar trebui să fac şi eu acelaşi lucru, a spus Stefano direct. Adică să mă căsătoresc şi să am viaţa mea cu adevărat împlinită. Tânăra care m-a îngrijit, Alice, despre ea este vorba...

- E o fată frumoasă, încântătoare şi cu maniere alese. Şi, apoi, nu mai trebuie explicaţii date, te ştie şi te place sau te iubeşte aşa cum eşti. E un mare avantaj. Cred că îţi cunoaşte toanele, momentele când visezi şi îţi doreşti să stai singur. Înclin să cred că e o idee bună. Dacă vrei şi ea vrea, aţi putea încerca. Nu cred că în viaţă ai multe şanse. Eu nu am putut-o uita pe Bianca, chiar dacă aş fi putut să-mi refac viaţa. Am fi fost trei.

- Atunci o să încerc să mă căsătoresc pentru mine şi rudele mele regăsite. Mulţumesc pentru sfaturile bune. Eram nedumerit după discuţia cu fratele meu de aseară.

S-au îmbrăţişat şi şi-au luat rămas bun. Stefano s-a întors acasă cu hotărârea luată. I-a scris Alicei o scrisoare fermă, în care îşi dorea revederea din toată inima, iar cine dorea să înţeleagă ceva o putea face printre rânduri.

Domnişoara Fontanegri a priceput mesajul şi a fugit în camera mamei sale, care i-a dat dreptate cu privire la sensul mesajului din misivă.

- Te va cere, draga mea, trebuie să te pregăteşti pentru asta chiar în timpul vizitei de Crăciun. Dar să ţinem această idee pentru noi. Sunt sigură că tatăl tău va fi încântat. Acum, răspunde-i tot aşa cu subînţeles, că îi accepţi dorinţa. Fă-l fericit, cred că e un om bun, cu un trecut care însă nu poate fi şters niciodată. Va trebui să fii foarte precaută cu el. Dar e o căsătorie dorită şi aşteptată parcă de mult. E frumos Stefano, cu aerul lui uneori atât de obosit. Atunci e în lumea lui pierdută. Va trebui să ştii să i-o scoţi din minte.

Alice i-a scris o scrisoare frumoasă lui Stefano, în care a adăugat o floare din vară, presată în caietul ei de botanică.

Ce plăcut surprins a fost Stefano când a găsit acea relicvă a verii, care încă te ducea cu gândul la mult soare şi multă căldură! A pus-o pe scrinul din faţa oglinzii, cu grijă, ferită de curent sau de incursiunea servitoarei care se ocupa uneori de ştergerea prafului.

Când trăsura familiei Fontanegri a oprit în faţa palatului Sanseverino, nu doar două persoane i-au aşteptat în faţa peronului, ci trei, a treia fiind, desigur, Stefano. Acesta era impunător în hainele lui formale. Doamna i-a arătat fiicei sale acest lucru şi ea a înţeles că nu se înşelase în a pricepe sensul scrisorii.

S-au salutat bine dispuşi, cu toţii fericiţi în aşteptarea sărbătorilor de iarnă. Stefano i-a luat braţul Alicei şi au început să vorbească. Râsul Alicei se auzea mereu, cristalin. De undeva îi sărise în braţe şi nepoţica ei. Alice a luat-o pe sus şi fetiţa a început să râdă şi ea de plăcere. Nu ştiai care râde mai tare. Apoi, Alice i-a dat fata lui Stefano, care a prins-o în braţe uimit. Se ferise să o ia în braţe întotdeauna pe nepoţica lui. Dar diplomaţia şi, mai ales, spontaneitatea lui Alice nu i-au dat timp de gândire bărbatului. Fetiţa începuse să râdă mulţumită în braţele lui Stefano, gâdilată fiind de mătuşa ei. Primul şoc pentru el trecuse, rămânând în braţe cu copila, spre deliciul tuturor celor care treceau pe lângă ei, sus spre camerele pregătite.

- Anna, Anna, uite pisica, a strigat mama ei.

Fata nu s-a dat jos din braţele unchiului său, ci a cerut pisica lângă ea. Stefano ţinea acum şi animăluţul care stătea şi se lăsa scărmănat de mânuţele grăsuţe ale fetiţei. Descoperi fericirea simplă, alături de aceste două ghemotoace, o pisică şi o nepoţică. Se aşeză astfel mai comod în fotoliu, lăsându-le celor două mai mult loc de joacă. Era încântător când lumea a coborât în salon. Toţi s-au privit cu subînţeles.

- Unchiul Stefano e obosit, iubito, trebuie să-l laşi să răsufle puţin, i s-a adresat acesteia tatăl său. Uite, doica te aşteaptă şi poţi lua şi pisica.

Fata s-a uitat atunci râzând la Stefano, punându-şi mânuţele în jurul gâtului lui, uitând de pisică, aceasta mieunând doar că e cam strivită. Râsul a continuat şi după ce Anna a plecat din încăpere.

La masă totul a fost sub unda veseliei, erau în familie, eticheta era respectată, dar nu întru totul. Mai aveau două zile până la Crăciunul lui 1834, dar sărbătoarea a început odată cu revederea lor.

În 25 ale lunii îi aveau invitaţi pe ducele de Lanza cu familia, pe contele Pallavicino şi pe Tinio, pe care îl iubeau ca pe un prieten nesperat al lui Stefano.

Aşa că trăsura îl aştepta pe Tinio în faţa casei sale în după amiaza zilei de 25 decembrie, înciudând toate vecinele sale, care mişcau abia zărit perdelele de la ferestre. Bătrânul le-a sfidat, făcând faţă evenimentului cu mare pompă, mergând cât de drept putea.

A fost primit cu strigăte de bucurie de către toată lumea, dar mai ales de Anna, care îl iubea ca pe un bunic, mai ales că Tinio o lua în braţe, iar ea făcea tot ce dorea din barba lui.

106

Masa a fost cu totul specială, fiind prima de Crăciun alături de Stefano. S-au împărţit cadouri, zâmbete şi multe mulţumiri, între cei prezenţi. Stefano a lăsat la urmă cadoul său pentru Alice şi a încercat o cuvântare plină de tot sufletul lui.

- Dragă Alice, dacă nu îţi e teamă de trecut, dar mai ales de viitor, unul cu mine, te rog să-mi devii soţie. Inelul mamei mele va fi chezăşia onoarei mele. Această bijuterie a văzut multe locuri la timpul ei. Ultimul fiind atelierul unui bijutier, care l-a făcut să pară ca nou. Dar e o minciună, el este vechi în familia ducilor de Lanza. Poate ai fi dorit unul nou, dar nu m-am putut hotărî la unul.

- Nu, dragul meu, a spus Alice, venind spre el. Nu mi-ar fi plăcut unul nou. Nu este acelaşi lucru. Şi da, în faţa tuturor, primesc să-ţi fiu soţie.

Aplauzele şi felicitările au durat la nesfârşit. Mama Alicei a început să plângă, vădit emoţionată, dar totul aproape s-a terminat când Matteo a strigat zâmbind:

- Şi data pentru balul de logodnă?

- Se va ţine în palatul ducilor de Lanza, a strigat Andrea. La mijlocul lui ianuarie. Până atunci doamnele pot scrie invitaţii. Vom dovedi că suntem uniţi, ca în vremurile demult apuse.

- Aşa este şi, da, este un loc bun. Sala de bal este magnifică, a confirmat şi contele Pallavicino.

- Iar dacă Stefano mai aşteaptă 5 minute, îi voi face un cadou, a zis Matteo, plecând din sufragerie.

- Despre ce este vorba? a întrebat Stefano.
Nimeni nu i-a răspuns însă, uşa fu închisă după ieşirea fratelui său.

Alice s-a aşezat lângă cel promis ei şi îşi privea inelul, care sclipea cald în lumina lumânărilor. Îi plăcea cu adevărat bijuteria, de când o văzuse pe masa din camera lui Stefano când acesta era atât de bolnav.

Vacanţa a trecut minunat, între invitaţiile pentru logodnă, mersul la modistă, aranjarea sălii de bal şi artificiile din noaptea de An Nou, date în faţa palatului regal, în prezenţa regelui Ferdinand al II-lea şi a soţiei sale, Maria Cristina de Savoia.

Era 1835. Un an în care toţi şi-au pus speranţe. Până şi regele dorea ca soţia lui să nască un moştenitor, la aproape 2 ani de la căsătorie.

Dar am uitat să-i spunem cititorului despre cadoul lui Matteo pentru Stefano. Era o casa mare, aproape de golf, în care Stefano nu păşise niciodată. De Crăciun, Matteo i-a dat actele de proprietate şi i-a spus acestuia că poate să se apuce de renovare şi decoraţiuni când doreşte.
A fost un gest nobil al lui Matteo, apreciat la justa lui valoare de toţi cei prezenţi.

Stefano, la rândul său, avea fericitul prilej de a merge și a da anunțul de logodnă în ziarul local și a făcut-o din toată inima.

A vizitat mai apoi casa, care i s-a părut mai degrabă un palat. Cu ajutorul lui Tinio, a găsit meșteri buni și a început reparațiile și redecorarea tuturor încăperilor.

- Trebuie să fie totul gata până la vară, Tinio prietene. Apoi, poți să-ți alegi camera, te muți cu mine. Poți da casa ta unuia dintre copii, nu mă privește, dar nu vreau să fiu refuzat. Și, apoi, ai și tu nevoie de tihnă la bătrânețe.

- Dacă așa vrei, așa voi face. N-o să-mi pară rău deloc. Dar aștept balul. O să privesc și o să-mi întipăresc în minte totul. E primul meu bal, la vârsta mea e o minune. O să mă bucur de fiecare clipă pe care o voi trăi în palatul ducilor de Lanza. Nu am intrat niciodată acolo.

Și, da, Tinio și-a întipărit în minte tot, rochia Alicei, muzicanții scorțoși, plini de seriozitate în munca lor, dansul celor doi logodnici, dirijorul cu o mustață cam mare, care conducea cu mână forte.

Aici, bătrânul nu înțelegea de ce muzicanții, care aveau notele în față, aveau nevoie de o persoană care să-i conducă. Nu a primit niciodată răspuns la nedumerirea aceasta. Nu a îndrăznit să întrebe pe careva, nici măcar pe Stefano.

Serbarea a fost un succes în lumea napolitană. Multe zile s-a vorbit despre ea. Se făceau speculații cu privire la data nunții, la biserică, la flori, treburi obișnuite când este vorba despre o nuntă.

Lunile au trecut firesc, casa lui Stefano devenind din ce în ce mai atrăgătoare pentru întemeierea unui cămin de către noua familie. Uneori acesta mai privea stânca liniștită pe care nu se mai plimba nimeni și pe care încă o considera a lui.

Și în familia regală lumea se bucura. Regina era în sfârșit însărcinată, dăruind speranță regatului soțului său. Așa că Napoli era într-o continuă sărbătoare atunci când ziua nunții a sosit și clopotele au început să bată.

Aleseseră biserica Santa Maria del Carmine, o veche construcție din secolul al XII-lea. Alice o voia din dorința de a se ruga icoanei Madonei Negre, un simbol al călugărilor carmeliți, obiect adus tocmai din Africa.

Florile umpleau biserica cu aerul lor tare. Pentru miri, legământul din fața preotului a fost o minune, un miraj. Ceea ce cu un an în urmă părea imposibil, mai ales pentru Stefano, acum era real.

Astfel, Alice devenea prima marchiză cu numele de Lanza de Sanseverino. Era frumoasă combinația dintre cele două nume. Era o iertare a trecutului, nu tocmai îndepărtat.

Când au ieşit în locul liber din faţa bisericii, s-au sărutat uitând de ei, parcă văzuţi doar de porumbeii aflaţi peste tot în jur şi în nişele din clădirea bisericii. Erau cu adevărat fericiţi şi îşi împărtăşeau speranţele într-un viitor bun, cu toată lumea.

Apoi s-au urcat în trăsură, de unde Stefano a început să arunce cu monede în lumea adunată, râzând din toată inima.

Au pornit astfel în uralele tuturor către casa lui Stefano, unde pe invitaţi îi aştepta o petrecere perfect coordonată de Federica Sanseverino, devenită mama unui băieţel cu câteva luni înainte.

Mirii însă aşteptau luna de miere în Sicilia insulară, unde să-şi poată da frâu, nestingheriţi, în liniştea locului, iubirii curate ce îi unea. Iulie era perfect pentru visul lor.

Când au revenit erau bronzaţi şi mai fericiţi ca niciodată. Tinio locuia în casa tinerilor căsătoriţi şi făcea un fel de muncă de supraveghetor, pe care o lua foarte în serios.

- Cred că tot mai bine e acasă, i-a spus într-o zi fierbinte de august Stefano. Nu neg că mi-a plăcut Sicilia, dar cred că mi-a plăcut şi pentru că am fost cu Alice. A pus la presat atât de multe plante cât nu-ţi poate gândi mintea. Ştie atât de multe despre toate. Mă surprinde mereu.

- Doamna te iubeşte şi a reuşit să te schimbe în bine prin sentimentele ei, a răspuns Tinio. Acest lucru voiam să-l văd la tine după căsătorie. Să ştii că doar o femeie poate face asta unui bărbat. Îi modelează sufletul după al ei. Îmi aduc aminte parcă de tinereţile mele şi de blândeţea soţiei mele. Apoi te schimbă viaţa, greutăţile, copiii, însă ceva rămâne curat, chiar şi chinuit de trai. Dar nu este cazul tău. Drumul tău este lin acum.

Cei doi soţi locuiau în camere separate, care aveau o uşă la mijloc, prin care încăperile comunicau. Era o dispunere perfectă a habitatului, fără a sufoca locatarii. Uşa rămânea deschisă, dar exista, contribuind la intimitatea proprie atât de necesară între doi soţi.

Aşa că Alice profită de uşă şi intră în camera soţului ei foarte fericită:

- Am o veste pentru noi doi, Stefano. Ghiceşte din trei încercări, a spus ea întinzând trei degete soţului său.

- Ia să vedem, a spus el, luând-o de talie pe frumoasa Alice. O rochie nouă, o pereche de pantofi în plus...

- Nu, nu, nu. Mai ai doar o şansă, a strigat doamna.

- Vine mama ta în vizită, dar parcă era vorba de Crăciun, a zis mirându-se foarte serios Stefano.

- Vom avea un copil. Uite, a trebuit să-ţi spun eu, alintatule. Nu ţi-ai dat seama.

- Un copil? a zis Stefano făcând ochii mari.

109

- Eu mă bucur nespus. Tu nu?, a întrebat Alice.

- Ba da, sigur că mă bucur, dar sunt un pic speriat, nu ştiu dacă o să fiu un părinte bun, a răspuns bărbatul luându-şi nevasta în braţe şi sărutându-i mâinile.

- Eu cred că o să fii unul foarte bun. Nu te mai gândi la trecut. O să creştem copilul, o să-l iubim şi o să-l avem lângă noi până devine adult.

- Sper, a zis Stefano. E o veste care m-a uluit. Niciodată nu am crezut că o să mi se întâmple mie. Eşti sigură?

- Da, doctorul mi-a confirmat astăzi. Crede că la sfârşitul lui iulie, anul viitor, vom avea un membru în plus în familie. Timp să ne ocupăm de toate este, deci, să fim fericiţi trăind acest moment. O să ţinem secret şi o să dăm vestea la sfârşitul anului. Dar poţi să-i spui lui Tinio.

- O să-i spun, măcar lui, dacă pentru ceilalţi este secret, a zis râzând Stefano.

În noaptea aceea Alice a dormit în patul soţului său, sub privirile acestuia. Somnul l-a ocolit multă vreme pe soţ, până spre dimineaţă. Era un fel de luptă în el, între ideea de libertate, la care ţinea încă, şi ideea de tată, soţ şi om respectat în oraş. Nu le putea împăca total deloc. Spera ca fiul său să poată face asta pentru el.

Aşa s-a scurs timpul, cu o mare luptă interiorizată, cu amenajarea camerei pentru copil, cu privirile aţintite asupra mijlocului soţiei sale, până când în iunie, aproape de naştere, doctorul, după ce i-a consultat soţia, a venit la el în birou şi i-a spus direct:

- Domnule, astăzi am ascultat bătăile inimii copilului şi am constatat că de fapt bat două. Sper să nu mă înşel, doamna va naşte gemeni. Este speriată şi aş dori ca la naştere să asiste şi colegul meu care îmi este prieten şi cu care am făcut studiile medicale.

Stefano s-a speriat mai tare decât trebuia. A văzut această veste ca pe o piază rea. Un dublu chin pentru Alice. Nu-l mai interesau copiii, ci viaţa soţiei sale. Se considera vinovat pentru soarta Alicei. De abia aştepta să plece doctorul ca să se poată prăbuşi în fotoliul său. Trebuia să nu-şi arate teama nimănui.

Cei doi prieteni doctori veneau mai des acum şi, în iulie, aproape zilnic. Mama ei, viitoarea bunică a copiilor, se instalase deja în casă. Era o alinare pentru Stefano. Alice putea muri lângă întreaga ei familie, gândea el. Devenise greoaie şi dorea din ce în ce mai mult să scape de greutatea din pântece. Stătea mai mult culcată şi mereu în casă, unde nu era atât de cald. Stefano o ţinea de mână şi de cele mai multe ori îi citea până adormea ostenită, ca un copil după prea multă joacă.

S-a întâmplat într-o noapte, când Alice a scos un ţipăt, trezind toată casa. Tinio a fugit după medici, aceştia venind în grabă. Toată noaptea, viitoarea mamă s-a chinuit de durere. Spre dimineață, cei doi copii au venit în sfârşit pe lume. Stefano, când țipetele au încetat, s-a clătinat, crezând că doamna lui a murit. Când ea țipa, el ştia că trăieşte. Stătea în bibliotecă în fața ferestrelor deschise şi aştepta ciocănitul şi intrarea precipitată a medicilor.

A venit însă soacra lui care, epuizată, dar zâmbitoare, l-a felicitat pentru perechea de gemeni.

- Un băiat şi o fetiță. Sănătoşi şi cuminți. Acum sunt la cele două doici.

- Şi Alice? a întrebat Stefano.

- Alice doarme, doctorii i-au dat ceva. A fost foarte istovitoare noaptea aceasta pentru ea. Dar s-a terminat. Îşi doreşte ca pe copii să-i cheme ca pe voi: Stefano şi Alice.

- Sigur, a zis Stefano, uimit de finalul fericit, cum vrea ea aşa o să facem.

- Ți-am pregătit un fotoliu lângă patul ei, când se va trezi să te vadă. Dar iată şi doctorii.

- Doamna a fost puternică, e o plăcere să aduci pe lume copii fără complicații. Aveți 2 moştenitori, dintre care unul vă va duce numele mai departe. Felicitări, domnule.

- Mulțumesc, domnilor, a spus Stefano, dându-le onorariile. Un mic marchiz s-a născut azi.

- O să venim în fiecare zi o vreme, pentru siguranță. O lună e suficient, au zis ei şi peste câteva clipe au ieşit înclinându-se, epuizați şi ei.

Când totul a fost aranjat în camera Alicei, Stefano şi-a luat locul în fotoliul pregătit. Când soția lui s-a trezit, s-a bucurat să-l vadă acolo.

- Am văzut copiii, Alice. Sunt nişte minuni care dorm.

- Nu o să doarmă mereu, dragul meu, a spus zâmbind doamna.

- O să-i cheme exact aşa cum îți doreşti, a zis Stefano.

- Mă bucur că vrei şi tu, a spus Alice. Sunt aşa de micuți.

Stefano a sărutat-o pe frunte mai apoi şi a îndemnat-o la somn. A adormit de mână cu soțul ei, care ațipi şi el când deja se făcuse ziuă. Aşa i-a găsit bunica, atunci când a deschis uşa. A plecat imediat, cerând tuturor să facă linişte. S-au trezit la amiază şi şi-au luat masa acolo. Apoi li s-au adus copiii care, hrăniți de doici, erau tot adormiți şi nu s-au trezit când Stefano i-a luat pe amândoi în brațe.

- Ce zi fericită, a şoptit el. Îți mulțumesc, iubito.

- Şi eu ție, a spus Alice. Sunt cei mai frumoşi copii pe care i-am văzut. Păcat că nu am încă putere să-i țin.

- Nu te supăra, Alice, însănătoşeşte-te şi atunci vei putea face aşa cum vei dori.

- Da, a zis oftând doamna. Trebuie să fiu bine la botez. Vreau să particip şi eu la slujbă.

- O să facem botezul în septembrie. Este cu siguranţă cel mai bun timp pentru că arşiţa nu mai e ca în miezul verii. Ne vom pregăti cum se cuvine. În fond, sunt primii copii Lanza-Sanseverino. De abia aştept să te faci bine. Mă simt puţin vinovat.

- Nu cred că ai de ce. Femeile nasc de mii de ani. Ar trebui ca toţi bărbaţii să simtă asta. Dar o să-ţi treacă repede, sper.

Nu trebuie să ne facem probleme pentru Alice. Aceasta şi-a revenit foarte bine şi a strălucit de fericire la botez. Putea acum să-şi ţină copiii în braţe, iar aceştia ştiau că este mama lor. Avea doar câţiva centimetri în plus în talie, dar acest lucru era firesc, invizibil şi normal după o sarcină de gemeni.

La petrecere a dansat fericită în braţele soţului său. Pregătirile în care se antrenase au ajutat-o să redevină cea de dinainte, plină de vise. Stefano i-a spus să cheltuie cât doreşte pentru botez. Afacerile lui prosperau acum tot mai mult. Nu mai era strâmtorat.

Au primit o mulţime de cadouri pentru cei mici, care s-au dovedit nişte alintaţi chiar din faşă. Tinio era încântat, se considera şi el puţin bunicul lor, spre deliciul lui Stefano, care mereu îl găsea în camera celor două doici, care nici nu se mai jenau de al.

Viaţa curgea lin şi foarte plăcut în casa de pe înălţimile de lângă golf. Zilele treceau pentru toţi în pace, iar copiii creşteau, spre deliciul tuturor. În familiile lor nu mai existau gemeni, aşa că toţi erau mândri de micuţele lor rude.

O singură vizită i-a uimit pe cei doi soţi. Către sfârşitul anului 1836, a venit la ei doamna Maria Desimone, soţia primarului şi totodată prietena cea mai bună a Biancăi, mama lui Stefano.

- Mama ta a fost atât de bună şi de blândă. Îmi pare rău că după ce eu m-am căsătorit nu am mai putut fi la fel. Se răcise, dar acum înţeleg de ce. Vreau doar să-ţi spun că nu trebuie s-o judeci prea aspru. Hotărârile care au fost luate nu au fost ale sale. Ducele de Lanza era o figură proeminentă la curtea de la Napoli. Drept dovadă că noul duce are acelaşi statut ca cel moştenit de la tatăl său. Andrea a participat în primele rânduri la înmormântarea din februarie a reginei Maria Cristina, pe care aducerea pe lume a moştenitorului a ucis-o. Dar Francis, fiul ei, trăieşte, e sănătos şi va conduce ţara când va veni vremea. Şi îţi reamintesc că şi acum ducele Andrea de Lanza a fost cel care a perfectat logodna dintre regele nostru văduv şi Maria Tereza a Austriei. Se vor căsători la un an de la moartea primei regine.

- Nu o judec pe mama mea, doamnă, a răspuns Stefano. De fapt, am încetat să o mai judec. M-am împăcat cu morţii, cu toţi. Am 34 de ani, nu mai am mintea atât de înfierbântată. În palatul unchiului meu, camera ei este intactă. Nimeni nu o foloseşte. Se şterge praful, se face curat, se udă florile şi apoi se închide uşa, rămâne goală. Când am păşit prima dată în ea, sufletul meu, încă plin de neguri, s-a albit. Am putut să văd şi să ating lucrurile mamei mele. Am luat chiar şi un tablou, pe care l-am pus în cabinetul meu. Mama avea 18 ani pe atunci şi era frumoasă ca o zână. Pot merge oricând acolo. Sunt împăcat, iar acest subiect nu mă mai doare, pluteşte doar în sufletul meu.

- Mă bucur să aud aceste vorbe. Trebuia să vin mai demult să vorbesc cu tine, Stefano, dar ceva m-a oprit. Oricum, într-un târziu am făcut-o, a spus Maria Desimone, punând ceaşca jos şi ridicându-se.

- Cu bine la amândoi, vă doresc fericire.

Cei trei şi-au luat rămas bun mulţumiţi, iar soţia primarului a plecat în drumul ei.

Nu ştim nici acum ce a determinat-o să facă această vizită, dar cert este că la o lună după ea, Maria Desimone a murit, fiind îngropată în acelaşi cimitir în care dormea de atât de multă vreme prietena ei Bianca, contesă Pallavicino. Stefano a participat la ceremonie, trist ca şi când ar fi fost mama lui în sicriu. Zăbovi la mormintele părinţilor săi şi un gând îi trecu prin minte, acela că Bianca o trimisese pe Maria la el şi că tot ea o chemase la ea în ceruri.

CAPITOLUL XX

Odată cu această tristă întâmplare, inima lui Stefano parcă a căpătat un gol pe care încă nu şi-l putea explica. Pentru toţi era la fel, chiar şi pentru soţia sa. Tinio simţea însă cum în Stefano se furişa ceva mai puternic decât el. Zilele treceau, iar Stefano nu mai simţea atât de tare acea lipsă.

Timpul trebuie să vindece toate întâmplările din viaţa unui om, bune sau rele, fiecare lasă o rană, o urmă.

Aflându-se în oraş cu afaceri, Stefano s-a întâlnit chiar lângă dom cu primarul. Purta doliu mare, era trist şi slăbit.

- Bună ziua, domnule primar, a spus Stefano, întinzându-i mâna.
- Bună ziua, tinere domn. Cu treburi?
- Da, trebuie să vizitez un partener de afaceri, chiar în clădirea din spatele catedralei.
- Mă bucur că îţi merge bine. Ştii, mă întreb dacă să-ţi aduc aminte de cineva... Am o veste care m-a uimit peste măsură. Nu ştiu dacă trebuie să ţi-o spun.
- Spuneţi-o, nu vă faceţi griji în privinţa mea, i-a răspuns Stefano.
- Aşa ar trebui, dar nu o spun cu toată gura, i-a răspuns Desimone. Mai ţii minte vizita conţilor Randazzi pe stâncă? Acei exploratori plini de bani... Ieri m-am trezit cu o scrisoare de la Cancelaria regelui. Am crezut că este ceva legat de ceremonia nupţială din ianuarie, dar când am deschis-o, mă repet, am fost uluit. Regele i-a semnat dreptul de proprietate asupra insulei noastre acestui conte din Potenza. Iar eu trebuia să-mi pun, la rândul meu, semnătura, ceea ce am şi făcut, de altfel. Astăzi, ascultă-mă până la capăt, domnule, s-a întrerupt primarul, când a văzut cum începuse să gesticuleze Stefano. Astăzi, a reluat el, a venit chiar contele în persoană după actul de proprietate. Mi-a spus că l-a costat foarte mult această insulă, pentru a fi lăsată liberă, doar pentru pescăruşi. Aşa că are de gând să construiască acolo o vilă mare şi frumoasă.
- Nu pot să cred asemenea lucru, domnule Desimone. Insula nu are nici măcar un podeţ până la ţărm.
- Poate folosi barca sau poate construi unul. Are tot dreptul, iar socrul său este foarte bogat. Contesa nu a venit cu el. Dar se pare că este de acord cu totul, banii fiind evident ai tatălui său. Cred că le place clima din Napoli. Apeninii lor aduc frig iarna.

- Insula este interzisă omului, bunul meu domn, a zis Stefano continuând pe aceeaşi temă. Îi ştiţi istoria. Acolo e un templu, este şi un mormânt străvechi. Nu am fost chiar singur pe stâncă.

- Da, dar când regele semnează, nu te poţi opune. Are nevoie de bani pentru nunta lui costisitoare. Pentru el nu este decât o stâncă în apă, care stă fără să producă nimic. Iată că acum i-a produs majestăţii sale o avere câştigată în America de tatăl acestei contese.

- Dar contele este încă în Napoli? a întrerupt Stefano vorba primarului.

- Da, cum am spus, e singur şi s-a cazat la hotelul „Steaua albastră".

- Ştiu unde este, e cel mai scump loc din oraş, a răspuns Stefano. Vă rog să mă scuzaţi. Trebuie să ajung imediat acasă.

Desimone a ridicat din umeri şi şi-a văzut şi el de drum. În timpul acesta, Stefano a comandat o birjă şi a plecat, cum a spus, acasă. Ajungând, îi plăti birjarului drumul şi îi făcu semn să plece. Urcă scările iute şi intră în camera lui Tinio. Acesta nu era acolo, dar îl găsi la bucătărie.

- Vreau să-ţi vorbesc, a spus Stefano agitat. Să mergem la tine în cameră.

Când cei doi au rămas singuri, Stefano, care se plimba agitat, a început:

- Tinio, contele Randazzi a cumpărat insula mea şi vrea să-şi facă o vilă acolo. Regele i-a semnat pentru mulţi bani dreptul de proprietate. Primarul mi-a spus. De când am aflat, o sabie mi s-a înfipt în inimă. Parcă nu mai sunt eu. E venit fără soţie şi ştiu unde stă. Am de gând să-i vorbesc mâine dimineaţă la hotel. Nu pot să mă ţin în frâu. Şi eu am bani, dar nu m-am gândit s-o cer de la rege, eu care am atâtea rude care ar fi putut să-mi urgenteze afacerea.

- Linişteşte-te! Cu nervii nu faci absolut nimic, iar dacă regele a semnat, îi aparţine acestui om. Nu te poţi opune regelui pentru ceva ce îi aparţine. Şi, apoi, dacă s-ar afla că insula a fost locuită de tine, ar fi un dezastru pentru toată familia, pentru copiii tăi. Acum eşti pus în situaţia ducelui de Lanza cel bătrân, bunicul tău. Trebuie să găseşti o cale să te linişteşti. Nu poţi să te lupţi cu trecutul. Acesta nu trebuie să se întoarcă, dar mai ales nu trebuie să te doboare.

- Ai dreptate, dar sunt răvăşit. Am trăit acolo şi, în gând, totul îmi aparţinea. Gândeşte-te şi mai vorbim. Plec acum, am întârziat deja două ceasuri, dar am să iau trăsura. Spune-i doamnei că voi veni la cină.

Tinio simţi durerea lui Stefano, iar Alice simţi că ceva nu este bine în privirea lăsată într-o parte a bătrânului. Acesta a răspuns evaziv la întrebările ei şi a plecat iute, spunând că are multe treburi lăsate în urmă nerezolvate.

Seara, Stefano şi-a revenit, însă Alice i-a simţit umbra dureroasă de pe frunte. Aşa că, atunci când s-au retras la culcare, l-a implorat să-i spună, iar soţul ei i-a povestit totul.

- Înţeleg ce simţi acum. Dar nu ţi-a furat nimeni timpul petrecut acolo. Va dăinui mereu în inima ta. Insula este a ta indiferent de câte vile s-ar ridica pe ea. Dacă nu era ea, nu te cunoşteam. Dacă nu era acest conte, nu te descoperea nimeni, nu te iubeam şi nu aveam gemenii.

- Ce frumos vorbeşti, Alice. Ai dreptate. Nu cred că ar trebui să mă frământ atât de mult. O să reuşesc eu să trec peste surpriza aceasta. Ştii şi tu că prima impresie e cea mai plină de forţă.

- Ştiu, dragul meu. Suntem toţi cu tine şi ştii cât de mult te iubim.

- Ştiu, a spus Stefano îmbrăţişându-şi soţia. Îmi iubesc mult familia. Însă cred că mâine tot o să merg să-i vorbesc lui Randazzi.

Alice a zâmbit şi a simţit că a câştigat bătălia doar pe trei sferturi. Au adormit amândoi într-un târziu, în liniştea nopţii lungi de iarnă.

Aşa cum s-a hotărât de seara, Stefano s-a prezentat în holul hotelului la care era cazat contele. După un sfert de ceas, Randazzi a coborât, amintindu-şi perfect chipul lui Stefano.

- Arătaţi mai bine acum, domnule, i-a spus acesta întinzându-i mâna vizitatorului.

- Mulţumesc pentru compliment, domnule conte, a răspuns Stefano zâmbind, dar nu pentru acest lucru v-am cerut permisiunea unei întâlniri. E vorba de Goiola.

- Bănuiam eu ceva, nu putea fi doar o vizită de curtoazie, i-a răspuns contele.

- Domnule, am aflat că sunteţi stăpânul ei acum, cu acte în regulă. Nici acum nu pot crede cu adevărat. Ştiţi că asupra acestei stânci apasă un blestem? Că pe ea se află un templu al lui Venus şi un mormânt roman? Nu aţi face bine dacă aţi începe să construiţi. Aţi nelinişti morţii. În trecut, Goiola era locul unde vrăjitoarele, în anumite nopţi, făceau şi dezlegau vrăji şi blesteme. Soţia dumneavoastră este de acord să se mute acolo? Eu vă dau un sfat, părăsiţi Napoli şi întoarceţi-vă acasă la doamna dumneavoastră în Potenza.

- Eu nu cred în blesteme, nu se îndeplinesc niciodată, i-a răspuns ridicând din umeri Randazzi. Şi nici soţia mea nu am ştiinţă că ar crede în aşa ceva. Incantaţiile fac parte din lumea celor mai puţin educaţi, dar mai ales fricoşi, aş adăuga eu.

- Domnule conte, eu am trăit acolo. Insula are ceva magic. Templul zeiţei, ascuns la prima vedere, este intact.

117

- Dar sunt credinţe păgâne, a tras concluzia Luigi.

- Dacă nu vă este frică de vreun blestem din trecut, atunci ascultaţi cu atenţie: te blestem pe tine şi pe urmaşii tăi, acum, astăzi, aici. O să mori lucid cu cuvintele mele pe buze. O să-ţi pară rău.

- Nu cred în niciun blestem. Şi acum îmi aduc aminte de cum arătai pe insulă. Cred că ţi-ai pierdut minţile. O să construiesc vila şi cu asta cred că discuţia noastră s-a terminat. E păcat să se piardă asemenea vedere minunată. Trebuie făcut ceva. O să te rog să-mi spui unde este mormântul, templul o să-l găsesc singur. Nu cred că ar trebui să-l deranjăm din somnul său pe acel om.

- Eu am deschis acel mormânt din greşeală. Fii blestemat. La revedere, domnule. Niciodată nu te voi mai avertiza.

- Mai vedem noi, domnule, sau cum vrei să ţi se spună, i-a răspuns Randazzi, întorcându-i spatele.

Stefano a ieşit din hotel apăsat de discuţia cu acest conte. Nu era el nebun, gândea în sinea sa, ci acest străin plin de banii socrului său. Peste câteva ore şi Randazzi a ieşit din hotel, plecând către casă în trăsura familiei. Era liniştit, niciun nerv nu-i schimonosea faţa.

Stefano s-a plimbat mult prin piaţa înfrigurată de iarnă. Aerul îi făcu bine, iar când a ajuns acasă, parcă se împăcase cu ideea. Curând avea să înceapă sezonul balurilor şi mai apoi avea să fie nunta regală.

La unul din baluri, Alice şi Stefano au fost prezentaţi regelui şi viitoarei lui regine.

Maria Tereza avea doar 21 de ani, era frumoasă, dar avea o anumită stânjeneală în mişcări şi conversaţie. Nu-i plăcea rolul pe care trebuia să-l aibă în curând. Mereu stătea alături de rudele sale cu care venise la Napoli. Aproape că nu respecta eticheta. Însă regelui acest lucru nu-i cauza nicio neplăcere. Îşi dorea o soţie şi el avea doar 27 de ani, şi-o găsise şi trebuia să i se respecte decizia. Apoi, mai era şi problema fiului său din primul mariaj. Moştenitorul avea nevoie de o mama, iar Maria Teresa îl agrea pe mititelul Francis, acesta având doar un an şi semănând perfect cu mama lui, răposata regină, Maria Cristina de Savoia.

La 27 ianuarie 1837, clopotele tuturor bisericilor băteau anunţând nunta regală. Fuseseră făcute multe invitaţii, aşa că locuri de cazare nu prea se mai găseau. Napolitanii au scos profit bun în acea lună.

Domul era plin de nobili, impunători în hainele lor de ceremonie, însoţiţi de doamne pline de bijuterii scoase atât de rar din cutiile lor de catifea.

Mireasa a înaintat spre altar, la braţul tatălui său, arhiducele Karl, duce de Teshen, ajutată de doamnele ei de companie, care îi ţineau trena. Avea să iasă regină din domul din Napoli. Deja nobilii de la curte o catalogaseră drept puțin rigidă, dar puneau totul pe seama nașterii ei în Austria și a creșterii pe care o avusese la Viena, educație poate puțin prea strictă.

După căsătorie, la ieșirea în balconul palatului regal, regele și-a ținut moștenitorul în brațe, iar cu o mână o ținea pe regină. Copilul îi zâmbea acesteia, întinzându-se cu mânuțele spre ea. Regina i-a zâmbit, a făcut cu mâna către popor și curând au intrat cu toții în palat. Se terminase ceremonia. Urma doar o serată pentru cei care aveau invitație. Oamenii de rând puteau să doarmă liniștiți. Pentru ei spectacolul se terminase.

Stefano și Alice erau și ei invitați, precum erau toți membrii familiilor lor. Erau și conții Randazzi prezenți. Perechile s-au privit de la distanță, dar s-au ocolit toată seara. Nu aveau ce să-și spună.

Stefano a plecat printre primii cu soția sa, gemenii nu aveau decât 6 luni și tinerii părinți nu erau obișnuiți să stea departe de ei. La ora 3 din noapte au salutat și au plecat în liniște, fără a avea parte de îmbulzeala trăsurilor, care avea să se întâmple peste o oră. Au vorbit puțin în trăsură, erau obosiți. De abia așteptau să ajungă acasă.

Alice a intrat direct în camera copiilor, care dormeau în pace. Apoi, ajutată de cameristă, și-a dat jos bijuteriile și rochia cea grea și bogată, „în sfârșit, pot respira", și-a spus ea.

- Stefano, a zis ea, întrând în camera soțului, ești încă îmbrăcat!

- Acum o să mă bag în pat, iubito. M-am încălzit puțin la foc.

- Bine atunci, a spus Alice, lăsându-se sărutată. Mă duc să mă culc. Sunt atât de obosită. Vise plăcute.

- Și ție, draga mea, i-a răspuns Stefano, începând să-și desfacă eșarfa de la gât.

Curând a adormit și el, nemaiinteresându-l că acum regatul are o nouă regină, iar moștenitorul o mamă vitregă și posibili frați mai mici în curând.

Nobilii au fost dezamăgiți imediat de noua regină. Aceasta nu ieșea mai deloc, iar de îmbrăcat se îmbrăca prea simplu, nu respecta standardele. Nu se conforma etichetei și vorbea în italiană exact atât cât trebuia. Avea doamnele ei venite cu ea de la Viena, iar germana se auzea mai des în apartamentul său decât limba țării a cărei regină era.

Dar gemenii familiei Lanza de Sanseverino nu au fost împiedicați să împlinească un an și să aibă o petrecere plină de cadouri din pricina reginei lor. Au început să meargă ușurel și au devenit din ce în ce mai curioși să exploreze tot ce este în jur. Părinții erau temători așa că mereu era cineva lângă ei. Erau atât de asemănători! Norocul tuturor era că unul era băiat și celălalt o fată. Când unul plângea, plângea și celălalt, iar jucăriile erau o problemă mare pentru că erau diferite. Dar erau adorabili, iar întâlnirile în familia lărgită erau un balsam pentru toți.

Aşa a trecut luna iulie, caldă şi înmiresmată de trandafirii din grădinile celor bogaţi, care aveau parte de tot confortul oferit de resurse.

Însă, aşa cum spun cei din vechime şi aşa cum spunem şi noi uneori, prea mult soare aduce furtună. Să ne pregătim deci umbrelele, luna august are o surpriză pentru Stefano.

Din casa lui, de la una din ferestrele care dădeau spre golf, a observat multă agitaţie jos, pe ţărm. Acest lucru l-a făcut să nu plece, având o bănuială în minte, care s-a adeverit curând. La una din celelalte ferestre, tăcut şi îngândurat se afla Tinio, pe care l-a zărit imediat.

- E Randazzi, a spus bătrânul. Cară materiale pe stâncă. Toate aceste bărci sunt plătite pentru asta. Şi uite câţi muncitori şi ce scule au! Doar nu vrea să construiască un palat pentru rege pe locul zeiţei Venus.

- Are tot dreptul, Tinio, are toate semnăturile. Şi are mulţi bani. Cu ei poţi face orice, ştii bine. Şi cred că acest nefericit va face totul repede pentru a se muta pe insula blestemată curând. Nu mi-a urmat sfatul, după câte văd eu. E încăpăţânat şi nu crede în puterile oculte care şi-au lăsat acolo amprenta. O s-o aducă pe tânăra contesă. Poate că au copii deja. O să cadă în mare. O să-i mănânce peştii şi sarea. Dar fiecare îşi are înscrisă pe frunte propria-i viaţă. Să privim, deci, cum se ridică această clădire în casa unui călugăr şi a unei zeiţe. Am presimţiri rele, dar nu am putere să fac nimic.

Peste o lună, aceeaşi scenă, Tinio şi Stefano priveau cum se ridica schelăria şi cum stânca era plină de oameni, iar marea de bărci încărcate cu ciment, lemn şi alte materiale de trebuinţă. Debarcaderul fusese reconstruit, trepte mari şi frumoase luaseră locul celor vechi şi mâncate de apă. Era lesne de urcat pe Goiola acum.

Contele ridica construcţia în partea din stânga a pasarelei, probabil terenul era mai drept sau poate că aşa alesese el.

Stefano s-a hotărât să nu-l viziteze pe Randazzi la proprietatea lui. Oricum, îl durea sufletul mai mult decât îi lăsa pe cei din jur să vadă. Era supărat că locuinţa lui era tocmai acolo, parcă providenţa îşi râdea de el în continuare, ca un fel de act trei dintr-o piesă de teatru. Zgomotele nu se auzeau până la casă, dar Stefano le simţea adânc în inima lui. Era necăjit şi Tinio vedea acest sentiment adânc înfipt în privirea marchizului, fixată spre Goiola.

Până şi Alice a observat starea schimbătoare a soţului ei. Era meditativ, cu gândurile în urmă, uneori tresărea, începea să se joace cu copiii, dar uita ce făcea într-un final. Alice vedea că Stefano era obosit şi că îi era uneori greu să trăiască în prezent, adică să se prefacă. A vorbit şi cu Tinio, devenindu-i totul foarte clar, mai apoi. A hotărât să-i vorbească soțului său deschis, într-o seară, când se îndreptau spre camerele lor, după cină.

- Stefano, Goiola te doare, așa-i? Ți-ar fi plăcut să nu se atingă nimeni de ea. Să-ți aparțină, chiar și numai de la fereastră. Nu vreau să te ascunzi de mine, dragul meu, a continuat Alice, sărutându-i mâinile lui Stefano. Vreau să găsești liniște și alinare în mine și copii.

- Mă cunoști atât de bine, Alice. Sunt supărat pe Dumnezeu pentru că mi-a pus în fața ochilor lucrarea lui Randazzi. Oriunde te duci în oraș, numai despre acest subiect se vorbește, când privesc pe geam tot asta văd. Norocul nostru este că dormitoarele nu dau amândouă spre țărm. Mai pot privi și în altă parte.

- Oh, dragul meu, trebuie să găsești puterea în tine, eu te pot sprijini, dar nu-ți pot da ce doar tu ai în sufletul tău, darul de a trece peste toate. Este interesant cum Goiola nu a fost atât de multă vreme locuită și deodată are și proprietar și construcții pe ea. Regele acesta este tare ciudat, iar regina nu-mi place deloc. Încearcă să nu te mai gândești, adormi, te rog. Mâine mergem în vizită la unchiul tău Andrea și sigur o să ne înveselim cu toții.

Chiar așa se și petrecu. Stefano a uitat de obsesia lui dureroasă și s-a simțit bine toată ziua. A zărit-o o clipă pe Alice vorbind în șoaptă ceva cu Andrea și apoi le-a văzut zâmbetele conspirative, doar ea se putea purta așa. S-a simțit în siguranță, chiar simți câteva momente de fericire.

- Am un plan pentru ziua ta, dragule, i-a zis marchiza la întoarcere. Unchiul tău m-a ajutat mult, dar nu mă întreba nimic, a continuat Alice, acoperind cu degetele înmănușate gura lui Stefano, care începuse să fie curios. Nu ai voie să întrebi nimic. Altfel, ce cadou de ziua ta mai este acest plan? Pot doar să-ți spun că va dura o săptămână și-ți vom fi cu toții alături, toată familia lărgită.

- Înseamnă că am devenit peste noapte rege, iar voi toți îmi sunteți paji, a spus râzând Stefano, prinzându-i mâna Alicei.

- Doar pentru o săptămână, dragule, și asta în noiembrie. Anul acesta o să ai 35 de ani. O cifră rotundă. Nu trebuie să o uiți. Lasă totul în grija mea. Tu vezi-ți de afaceri.

Ideea era de a merge cu toții în locul în care se născuse în urmă cu 35 de ani sărbătoritul. La moșia din Lazarotte. Casa era nelocuită de mult timp, aflată în grija a trei slujitori bătrâni, de pe timpul părinților Biancăi și ai lui Andrea. Aceștia au primit cu bucurie vestea redeschiderii casei, chiar și pentru o săptămână. Totul era curat, deci nu au avut de făcut multă muncă în plus, doar de curățat acolo pe unde se umbla mai rar, ca de exemplu camera unde născuse Bianca și care era întotdeauna ferecată. Se făcea curat din când în când, dar imediat se încuia uşa şi se închideau ferestrele.

Era minunat să vezi, în ziua plecării din Napoli către moşie, patru trăsuri, una după alta, privite cu ochi mari de cei ce le zăreau.

Aproape de Lazarotte, Stefano a fost legat la ochi, pentru că aşa se hotărâse. Nu ştia unde este dus, nici măcar nu bănuia. Nu mai fusese în aceste locuri.

Contele Pallavicino simţea însă altceva. Cu cât se apropiau de conac, cu atât inima îi zvâcnea în piept. Fusese acolo la naşterea lui Stefano sau, mai bine zis, cu puţin timp înainte de momentul acela, însă pentru el erau unul şi acelaşi eveniment. O revedea clar pe Bianca cu mijlocul rotunjit, îl vedea pe duce şi pe ducesă. Dar şi-i imagina mai ales pe acei călugări care i-au sfâşiat inima fetei luându-i copilul. Ştiuse că Bianca adusese cu ea, în căsnicie, această pată neagră. O trezise de atâtea ori din visul cel urât, acelaşi mereu.

Se consolase, acesta îi fusese destinul, iar el îi dăruise un fiu, al lui şi al Biancăi... care-i va purta titlul mai departe. Contele a tresărit, trezit din visare, când echipajele s-au oprit. Ajunseseră. Afară l-a privit pe Stefano care, legat la ochi, a coborât ajutat de fratele său Matteo.

- Dă-ţi jos legătura, Stefano. Acum eşti acasă, a spus Alice zâmbind.

Stefano a aruncat eşarfa şi a privit în jur. În faţa lui, o casă veche, dar elegantă, trei slujitori bătrâni şi toţi membrii familiei sale.

- Bine aţi venit la Lazarotte, a spus unul dintre slujitori. Vă dorim: La mulţi ani! Casa vă aşteaptă!

- Lazarotte? a întrebat Stefano pălind. Nu am fost aici niciodată.

- Dar aici te-ai născut, a spus Alice, tremurând de teamă că greşise cu surpriza ei.

- Să intrăm, a spus Andrea. Nici eu nu prea am fost pe aici.

Au intrat cu toţii în holul mare, care punea în evidenţă minunata scară care ducea spre cele două etaje. Uşor, toţi au fost conduşi în camerele lor, care miroseau a curăţenie şi a trecut. Servitoarele au pus masa, iar cu toţii, schimbaţi în ţinute de seară, au coborât.

- Îţi place surpriza? l-a întrebat Alice pe Stefano.

- Sincer? în primul moment m-a doborât. Nici acum nu sunt eu. Dar ai făcut bine, trebuia să cunosc locul unde am fost adus pe lume. O să am timp şapte zile să văd tot.

- Am avut emoţii în faţa casei, a continuat Alice.

- Nu-ţi face griji. Ai făcut bine, o consolă el.

Aceste zile erau ca o vacanţă pentru toţi cei prezenţi. Unii au vânat, alţii s-au plimbat liberi, fără prea multe formalităţi. Au vizitat cimitirul şi biserica, acolo unde vechii duci îşi dormeau somnul. Aproape ca pe vremuri, gândeau servitorii, doar că ei erau pe atunci tineri. Ştiau cine este Stefano şi îl priveau cu nesaţ. Semăna cu mama lui, dar avea şi ceva întunecat în privire, partea marchizului de Sanseverino, tatăl său. Era în el o îmbinare ciudată de angelic şi diabolic, te făcea să priveşti în altă parte şi să-ţi faci cruce cu limba în gură. Cel puţin aşa gândeau bătrânii.

Într-una din zile, Stefano a întrebat la masă de ce nu se deschide şi o anumită cameră, la care servitoarea era să scape platoul din mâini. Pallavicino a încercat să facă pe cel care nu înţelege:

- Toate camerele sunt deschise, fiule, suntem destul de mulţi ca să le ocupăm pe toate.

- Este una, conte, şi aş dori să o văd. Vreau să-mi dai cheia, s-a adresat el bătrânului servitor, pe un ton care interzicea refuzul. Bătrânul s-a închinat şi a ieşit din sufragerie. S-a întors cu o cheie legată de o panglică roz. I-o dădu tăcut lui Stefano şi se îndepărtă.

Masa a continuat, aparent, în mod firesc, cu discuţii, urări pentru sărbătorit, dar erau două persoane care de abia stăteau pe scaune: Alice şi contele Ernesto. Ştiau că e momentul confruntării cu trecutul, acum venea înfruntarea.

Dar Stefano nu s-a grăbit să urce în camera cu pricina. A aşteptat ca masa să ia sfârşit, copiii să meargă la somn şi familia să se risipească. Apoi s-a îndreptat spre cameră. Uşa s-a deschis cu un scârţâit. Înăuntru era beznă, puţină lumină intra pe ferestre. Draperiile nu erau trase.

Stefano a pus sfeşnicul pe o măsuţă şi a închis uşa. A văzut un pat mare cu o cuvertură roz pe el. Apoi a desluşit că totul arăta a fi o cameră care aparţinuse unei fete: mamei sale. La măsuţa de scris a dat peste un portret şi orice îndoială i s-a dus din minte. A deschis încetişor dulapul şi a descoperit că e plin de rochii demodate, din alte timpuri. Le-a atins simţind materialul fin cu degetele. Un miros tare de levănţică s-a revărsat dintre ele. Apoi a descoperit sertare cu lenjerie, cu batiste, cu funde şi cu panglici. A văzut monograma mamei sale cu coroana ducală deasupra. Un B şi un L atât de frumos îmbinate. A deschis tot ce a găsit şi apoi s-a aşezat la măsuţa de toaletă. Oglinda avea umbre, nimeni nu o mai folosise, era îmbătrânită. S-a ridicat brusc şi a încuiat uşa de la cameră, revenind în faţa oglinzii. Cu lumânarea lui a aprins-o pe cea de la măsuţă. Era şi ea veche, se miră cum de arde. S-a privit în oglindă, a privit umbrele din cameră şi şemineul gol. Era frig şi totul neprietenos.

A deschis sertarele, unul câte unul, şi a scos tot ce a găsit în ele: bijuterii, scrisori de la Maria Desimone şi, surprinzător, o scrisoare rătăcită a tatălui său, plină de ură şi dorinţă de răzbunare. Stefano a ars-o în

123

şemineu, aprinzând-o de la lumânare. Apoi a găsit un pieptene cu câteva fire de păr în el şi a tresărit puternic. A dat şi de un caiet, în care mama lui avea însemnate câteva poezii, care îi plăcuseră poate.

Stefano a început să plângă în linişte, doar el, ca pe vremuri, şi portretul de pe măsuţă. Se privea în oglindă pe el însuşi parcă pentru prima dată. Stătea pe scaunul mamei sale, cu lucrurile ei lângă el. Nu a realizat cât de repede a trecut timpul. A auzit un ciocănit în uşă şi a tresărit. A deschis mecanic, era Alice, care îl privea fără să scoată o vorbă.

- O cameră frumoasă, a spus ea luând portretul, dar te-a făcut să verşi lacrimi.

- Ştii, Alice, simt că sunt altcineva acum. Parcă sunt în trecut în aceste momente. Am pus mâna pe rochii, pe batiste, chiar şi lumânarea e de pe timpul ei. Priveşte aceste bijuterii, sunt valoroase, dar nimeni nu le-a mai văzut de cel puţin 35 de ani. O să le iau şi o să le duc la Napoli. Şi portretul la fel. Am ars şi o scrisoare rătăcită a tatălui meu adresată mamei mele. Câtă teamă trebuie să fi simţit biata fiinţă, teama de inevitabil!

- Hai să ieşim acum, Stefano. Cred că pentru o seară este destul. Poimâine plecăm. Poţi veni şi mâine.

- Aş vrea să rămân aici în noaptea aceasta, singur. Voi dormi acolo, a arătat bărbatul către pat, cred că aici m-am născut. Aici mama a plâns de durere şi pentru că i-am fost luat. Te rog să mă înţelegi. Ia te rog portretul şi bijuteriile, le luăm cu noi când plecăm.

- Le iau. Te înţeleg perfect, a şoptit Alice. Plec acum să văd ce fac copiii şi apoi voi adormi.

Alice însă nu a adormit. S-a cutremurat de schimbarea soţului său. A pus cu teamă bijuteriile şi portretul în trusa de toaletă a lui Stefano, nu dorea să le mai vadă.

A doua zi, toţi au văzut uşa deschisă şi pe Stefano în cameră. Nu au adus vorba despre această întâmplare la niciuna dintre mesele delicioase servite de bătrânele servitoare. Ştiau că se terminase cu veselia. Doar Pallavicino se arăta împăcat şi oarecum uşurat de situaţie. În sfârşit providenţa împlinise ce trebuia să se întâmple de mult. Spiritul mamei se întâlnise cu cel al fiului în camera aceea întunecată.

Contele a avut îndrăzneala să intre în camera Biancăi.

- E neschimbată. E ca pe vremuri. Aici m-a primit. Ce mult timp de atunci... viaţa ta, adică. Exact 35 de ani. Bianca a fost un înger care mi-a luminat viaţa. Dar a plecat atât de repede de lângă mine!

- Dar măcar ai văzut-o, ai atins-o. Eu doar i-am atins hainele. Dar sunt fericit şi cu atât. Mâine plecăm şi nu o să mai revin niciodată aici. Îmi întipăresc acum, clar în minte, imagini pe care nu le voi uita niciodată. Aici e începutul, iar acesta duce la sfârşit, a spus Stefano.

- Ce vrei să spui? a întrebat contele. Al cui sfârşit?

- Nimic, vorbeam şi eu cu voce tare. Să ieşim acum. Să mergem la Alice şi la copii. Mâine plecăm. Nimeni nu-şi sărbătoreşte ziua şapte zile. Doar eu, de bună seamă. Şi asta datorită rudelor mele care mă iubesc.

Drumul de întoarcere a fost o veselie forţată din partea lui Stefano. Alice îl simţea încordat, dar nu putea face mare lucru. Napoli îl va vindeca sigur de Lazarotte, cu toate că acolo se afla stânca aceea şi vila care tot se ridica, cu fiecare zi. O altă durere pentru el, a gândit ea încruntându-se fără să-şi dea seama. S-ar putea muta în altă casă, ar putea-o vinde pe cea în care locuiau. Erau bogaţi acum, nu le lipsea nimic.

Anul următor, 1838, sosea cu o veste fericită pentru regat. Regina cea nouă aştepta un copil. Doctorii spuneau că se va naşte în vară.

Odată cu sarcina reginei, vila se ridica şi ea, aşa că, în vară, clădirea putea fi locuită.

În iulie, Stefano a zărit-o de la fereastră pe contesă urcându-se cu greu într-o barcă alături de soţul său. Era însărcinată. „Copii pe Goiola?", s-a întrebat uimit acesta. Apoi a văzut cufere, servitori, mobilă, cu toţii profanau locul sfânt în care el se retrăsese.

- Nu e posibil, a bătut el cu pumnul în tocul ferestrei. Eu sau contele. Pe Goiola nu încăpem amândoi.

Stefano a aşteptat noaptea. A privit-o pe Alice cum doarme şi a ieşit pe furiş din casă. A coborât pe ţărm şi a început să se plimbe. S-a gândit la părinţii săi şi la toate rudele în viaţă. De pe stâncă se auzea muzică. Luminile erau atât de multe, în fiece încăpere. Apa strălucea din cauza lor. Totul se vedea atât de clar, erau doar câteva zeci de metri, era normal. Era inaugurarea casei, a dedus Stefano, o sărbătoare grandioasă.

Bărbatul privea neclintit locul şi, fără şovăială, a intrat în apă. A ajuns la debarcader, erau atât de multe bărci legate. Acum se putea, era modernizat şi cu posibilitate de acostare. A urcat fără nicio piedică şi a ajuns pe platoul din care nu mai recunoştea nimic. Se adusese pământ, se alcătuise o mică grădină, erau bănci şi nimic din timpurile trecute. Doar poate că luna era la fel, martoră mută la toate întâmplările lumii.

Privirea i-a fost atrasă mai apoi de casă şi de lumea care părea a se simţi bine în acel loc ciudat. A recunoscut multă lume, prin ferestrele larg deschise.

Gândurile lui Stefano erau înceţoşate. Îşi reproşa faptul că nu ceruse el această insulă, să fie a lui. Şi el ar fi putut da bani regelui. Avea atâtea relaţii şi posibilităţi, dar uitase să gândească.

S-a întors acasă cu febră. Inima îi bătea tare. A încercat să adoarmă, dar nu a reuşit. Dimineaţă, Alice a venit la el şi i-a spus că ştia unde fusese. Privise totul de la fereastră.

- Nu te poate consola nimic? Nici măcar copiii tăi, care cresc şi au nevoie de atenţia ta? De ce taci? a întrebat ea, atingându-i mâinile. Dar tu arzi, ai febră, te-ai îmbolnăvit de nervi. Nu trebuia să te duci. O să chem un doctor.

- Nu sunt al tău, Alice. Niciodată nu am fost. Nu trebuia să te măriţi cu mine, şoptea Stefano cu lacrimi în ochi. Au fost nişte împrejurări atunci când am cedat în faţa ta şi a familiei. Însă eu sunt un singuratic, m-am păcălit că pot fi un om de familie, cu casă şi cu afaceri. Nu neg că toate mi-au ieşit din plin. Dar nu mai pot continua aşa.

- Îl chem pe Tinio, a zis Alice şi a ieşit strigându-l pe bătrân. Acesta a intrat şi s-a aşezat pe pat.

- Vorbeşte cu el, Tinio, iar apoi zboară spre un medic.

Alice i-a lăsat singuri pe cei doi, închizând uşa dintre cele două camere.

- Vreau să plec, Tinio. Ceva mă cheamă. Am fost aseară acolo. Mă simt încorsetat în lumea aceasta atât de corectă şi respectuoasă. Vreau să rămâi lângă ea, vreau să-mi promiţi. Alice şi copiii sunt asiguraţi material. Am avut destul de mult noroc în aceşti ani. Puteam eu să cumpăr Goiola. Şi, acum, du-te după medic, am supărat-o destul pe soţia mea ca să mă împotrivesc.

Astfel a trecut o săptămână, în care Stefano a trecut oarecum peste durerile lui. S-a ridicat din pat, şi-a pus în ordine actele şi şi-a încredinţat afacerile lui Matteo, căruia i-o lăsă în grijă pe Alice, dar şi pe copii. S-a calmat, pentru că luase hotărârea să plece. Află întâmplător, când era la plimbare, că soţia contelui Randazzzi pierduse sarcina şi puţin mai avea să nu moară şi ea odată cu pruncul. Stefano a zâmbit în sinea lui, fusese sigur că blestemul va lovi, întotdeauna în fiinţele slabe.

În ceea ce o priveşte pe Alice, aceasta ştia ce o aşteaptă. Îl primi cu durere în suflet în camera ei, ştiind că e ultima oară. O arătau şi jocurile pe care Stefano le încropea cu copiii lor care, fericiţi că au un partener de joc credincios, nou şi plin de idei, îşi arătau sentimentele din plin.

Când Stefano a plecat de la Alice, a închis uşa dintre cele două camere, ameţind-o pe marchiză. Aceasta nu a avut putere să se mişte sau să strige ceva. Era un moment solemn, i se prăbuşea viaţa, iar fericirea ei dispărea pentru totdeauna. El, soţul, avea să plece.
Curând a auzit uşile închizându-se una după alta. S-a prăbuşit pe perne paralizată de spaimă.

Stefano înainta pe ţărm. Casa de pe insulă era liniştită. Doar la uşa de la intrare ardeau făclii. În rest, totul era cufundat în somn.
Marea era liniştită, doar înaintarea lui în apă crea mici valuri.

S-a urcat pe debarcader, acum aproape gol. A privit casa, a privit marea. A ridicat pumnul drept, murmurând un blestem pentru toţi cei care vor stăpâni Goiola în viitor. Cu ochii deschişi s-a aruncat în mare pentru totdeauna. Terminase lucrul ce-l avusese de făcut în această lume. Mama lui îl aştepta. O vedea tânără ca în portret, cu braţele întinse către el. Strigă în sinea lui „mamă" şi apoi totul s-a întunecat.

Ajunsese în sfârşit la ea.

Alice, de dimineaţă, a intrat la soţul ei. Acesta nu-şi luase nimic pentru vreo călătorie. A început să spere, dar pe masă era o scrisoare pentru ea, i-a îngheţat sângele în vene. S-a aşezat încetişor pe pat şi parcă aştepta ca cineva să intre să-i dea o veste.

Tinio, cine altcineva?

- Doamnă, l-au găsit pescarii la ţărm, mort, adică înecat. Are o rană la cap. Probabil s-a lovit când s-a aruncat. Cred că a făcut-o de pe Goiola. Trupul i-a fost adus aproape, pentru că marea a fost liniştită. E jos în salon. Oamenii îl cunoşteau.

- Mulţumesc, Tinio, presimţeam eu ceva. Anunţă toate rudele, să ne pregătim de ultimul lui drum. Ştiu că nu mă vei părăsi.

- Niciodată, doamnă. Până închid ochii, voi sta aici.

Bătrânul a plecat, iar ea s-a îmbrăcat pentru a coborî în salon. Stefano era învelit cu o pătură şi era aşezat pe parchet. Văduva marchizului Lanza de Sanseverino a aprins lumânări şi a rămas pe un scaun lângă soţul ei. Copiii au fost duşi la sora sa, Federica, erau prea mici să înţeleagă, de abia trecuseră în vară de 2 ani. Rudele au venit cu toate, iar în actele de deces nimeni nu a menţionat altceva decât accident prin alunecare. Stefano plecase pe ultimul drum, acolo unde mama sa îi făcuse loc.

Au hotărât să-l îngroape lângă contesa Pallavicino. Iar când pământul a acoperit lemnul sicriului, Matteo a şoptit către cumnata sa:

- Alice, tu nu simţi o împăcare, ceva mai puternic decât firea umană? Cred că Stefano şi-a găsit liniştea.

- Şi eu simt la fel, aşa este. Cred că pot să-mi continui viaţa gândindu-mă mereu la el şi la clipele plăcute petrecute împreună sau alături de copiii noştri. M-a iubit, sunt sigură de asta. Şi eu l-am iubit şi o să-l port în inima mea. Avea doar 36 de ani, era cel mai mare dintre fraţii săi, dar ce povară a dus, ce luptă! O să am tăria, plecând de aici, să-mi reiau viaţa de zi cu zi în acea casă, casa familiei, alături de copii şi de Tinio. Nu o să mă mut în altă parte. O să-mi transform durerea în iubire şi spinii acesteia în trandafiri înmiresmaţi!

EPILOG

Nu putem încheia fără să spunem că, după pierderea copilului, personajele noastre aparţinând familiei Randazzi au renunţat la insulă, mutându-se înapoi la Potenza. Barbara a născut de două ori, un băiat şi o fată şi nu s-a mai gândit să viziteze Goiola niciodată. Simţise că blestemul funcţionase, mai ales după ce Luigi i-a povestit despre Stefano şi vizita lui.

De-a lungul timpului, până în zilele noastre, insula din golf şi-a schimbat de multe ori proprietarii, însă blestemul a dăinuit şi încă dăinuie şi acum.

Toţi cei care au locuit aici au murit ucişi, înecaţi sau în spitale de boli mintale. Au pierdut averi sau şi-au luat chiar ei înşişi viaţa. Mulţi au trăit clipe de agonie prin puşcării, plângând zilele trecute, pline de prosperitate. Toţi şi-au luat cu ei, ca într-un dans, copiii şi nevestele.

Acum insula aparţine din nou oraşului. Nu mai există proprietar. Nimeni nu se mai încumetă să urce spre casa lui Stefano sau să o exploreze noaptea. Turiştii vin ziua, pe perioade scurte de timp şi pleacă înapoi tot pe ziuă. Exact ca pe vremea primarului Desimone.

Blestemul s-a adeverit, iar marchizul nu se mai întoarce să izbăvească Napoli de acesta.

Nimeni nu va mai locui Goiola, niciodată!

SFÂRŞIT

16 ianuarie 2015

www.ingramcontent.com/pod-product-compliance
Lightning Source LLC
Chambersburg PA
CBHW051144020726
47501CB00005B/1671